小学館文庫

恋女房

八丁堀強妻物語〈四〉

岡本さとる

小学館

目次

恋女房　八丁堀強妻物語〈四〉

第一章　若女房

（一）

「隆《りゅう》さん、お前さんには女房がいるのかい？」

「それらしいのが一人おりやしたが、今はどうしていることやら……」

「別れちまったのかい？　そいつは残念だったね。さぞかし好《い》い女だったんだろうねえ」

「へい。この上もなく好い女でしたが、これがなかなかおっかねえんですよ」

「女なんてものは、女房になった途端におっかなくなるものさ」

「へへへ、元締の仰《おっ》しゃる通りで……」

「だがなあ、隆さん、おれくれえの歳《とし》になって若《わけ》えのをもらうと、おっかねえことの色合いが変わってきやがる」

「おっかねえ色合いが？」

「ああ、口うるさくても、怒っても、拗《す》ねても、何でも許せてしまうのさ」

「なるほどねえ……」

元締の惚気《のろけ》に、隆さんは感じ入ってみせた。

――若い女房の話を聞かされるのは辛《つら》いが、元締は好い人だ。

心の内で呟《つぶや》いている、この〝隆さん〟は、南町奉行所で隠密廻《おんみつまわ》り同心を務める芦川《あしかわ》柳之助《りゅうのすけ》の世を忍ぶ仮の姿である。

唐桟《とうざん》を粋に着こなし、素足に雪駄履き。

この度の役目は、渡世人に化けて〝元締〟の懐《ふところ》に潜り込むことであった。

元締の名は三喜右衛門《みきえもん》。

音羽《おとわ》から雑司ヶ谷《ぞうしがや》一帯を取り仕切る香具師《やし》の大立者《おおだてもの》である。

音羽の三喜右衛門といえば、この辺りでは知らぬ者はない。

齢《よわい》六十。髪に白いものが交じり始めているが、渋さと愛敬《あいきょう》がほどよく同居していて、矍鑠《かくしやく》としている。

元締と呼ばれる身でありながら、日頃からどこへ行くのも供を連れぬ一人歩きが多く、誰かれ構わず洒落《しやれ》っ気たっぷりに軽口を叩《たた》くので、ほとんどの者が三喜右衛門を〝あの元締〟とは思わないらしい。

親の代から縄張りを仕切り、守ってきた三喜右衛門であるが、闇の仕事の他は目立ったことを嫌い、つましく暮らしてきた顕《あらわ》れであるといえよう。

そのような三喜右衛門であるから、誰からも慕われている。

奉行所も、悪人の捕縛においては、三喜右衛門の協力が欠かせない。

法に触れる裏稼業を取り仕切っている男であるから、三喜右衛門に助けを求めるのは筋違いであるし、癒着を指摘されるべきところだが、

「音羽の元締に泣かされている者は、一人もいねえ」

との評判が高いので、奉行所も持ちつ持たれつでやってきた。

南町奉行・筒井和泉守《つついいずみのかみ》は、名奉行の誉《ほまれ》高く、清濁併せ呑《の》む器量の持ち主である。

音羽の三喜右衛門の闇の部分をほじくり出して、お縄にしてやろうなどというつもりはなかった。

では、何故《なにゆえ》に柳之助が渡世人に化けて、三喜右衛門の懐の内に潜り込んでいるの

か――。

それは、三喜右衛門についてのある噂《うわさ》の真偽を確かめ、もし騒動が起こればしかるべき対処をするようにとの密命によるものであった。

三喜右衛門について囁《ささや》かれている噂は、元締からの引退である。

今、柳之助に惚気を言っていたことからもわかるように、三喜右衛門は近頃〝若えの〟を女房にもらった。

相手は護国寺《ごこくじ》門前の水茶屋に、茶立女《ちゃたておんな》として出ていたおりんという。

歳は二十三。肩ははかなく、色白でほっそりとした柳腰の美人。

気性はさっぱりとしていて、誰にでもやさしい。

いつも一人でふらりと出かける三喜右衛門が、町をうろつく子犬に気を取られ、石に躓《つまず》き足を痛めた時、それを見かけたおりんが、

「大事ございませんか？」

と、声をかけ、切れた草履の鼻緒を手拭いを裂いてすげ替えてくれた。

この時、おりんは三喜右衛門が、あの音羽の元締だとはまったく気付いていなかった。

そこが気に入って、水茶屋に通ううちにさらに親しくなったのだが、三喜右衛門の

正体がわかった時も、いつもと同じ様子で、

「そうだったのですか……。あまりお一人で出歩かれぬ方がよろしゅうございますよ……」

悪童を叱るような物言いをして、頬笑《ほおえ》んだものだ。

三喜右衛門はその時、

――この先何年生きられるかは知らねえが、死ぬまでこんな風に叱られてみたい。

と、思ったという。

もう二十年以上前に、女房とは死別していた。

ある日、おりんにそっと告げると、

「おれのような爺《じい》さんが、お前の亭主になるってえのはおかしいかい?」

おりんは取り乱すわけでもなく、いつもの穏やかで明るい物言いで、三喜右衛門の求婚に応えたのである。

「わたしでよろしければ、女房にしてやってくださいまし」

そして、〝若えの〟との夢のような暮らしが始まった。

三喜右衛門ほどの男となれば、若い女房をもらったとておかしくはないし、来てはいくらでもあっただろう。

だが、三喜右衛門は、

「ちょいと遊びで、気が合う女を抱いてみてえ時もあるが、今さら女房をもらうつもりなどはねえや」

と、言ってきたし、死ぬまでそうだろうと思っていた。

それが、四十近くも歳の離れた女房を持つことになるとは、自分自身信じられず、

「おりんとは、余ほど縁があるらしい」

と、周囲の者に漏らしていた。

とはいえ、一緒に暮らしてみると、おりんにつられて自分も若返り、まだ色恋を覚えたばかりの頃の、浮かれた気持ちになる。

そうなると、六十になって縄張りを守り、いざとなれば血なまぐさい争いに身を置く日々など、

「もうたくさんだ……」

と、思えてきた。

「そろそろ、おれも潮時だな。誰かに縄張りを譲ろうかと思うのだが、どうだろうねえ」

遂《つい》にこんな言葉も口をついた。

おりんと二人、平穏な暮らしを送り、残り僅かな余生を楽しむ――。

その想《おも》いが日増しに強くなってきたのだ。

しかし、三喜右衛門が引退するとなれば、縄張り内には緊張が走ろう。

この機に乗じて、三喜右衛門に取って代わろうと企《たくら》む者、騒ぎを見越して、縄張りを荒らさんとする者が現れんとも限らない。

そういう悪党の本性を見極め、放っておけば人のためにならない奴《やつ》らを一掃する好機ともいえる。

筒井和泉守は、三喜右衛門の言動を察知して、柳之助を早速送り込んだというわけだ。

和泉守は三喜右衛門の気性を読んでいて、柳之助を近付ければ、きっと気に入るであろうと考え、ふらりと一人で外出をする三喜右衛門の日常に目をつけて、破落戸《ごろつき》に扮《ふん》した小者達を出先に送り込んだのだ。

喧嘩《けんか》を売るような真似《まね》をすると、さすがに大騒ぎになるので、三喜右衛門がゆったりと歩いているところへ、三人差し向けて、

「おうおう、爺《じい》さんよう。のろのろ歩くんじゃあねえや」

「邪魔だから、端を通りな」

「気が利かねえおやじだなあ」

などと、軽く悪態をつかせた。

三喜右衛門はさすがの貫禄《かんろく》である。

「ああ、これはお急ぎのところ、気が付かずに申し訳ありませんでした」

と、ひとつ頭を下げて端へ寄ろうとした。

そこへ、遊び人の隆三郎《りゆうざぶろう》に扮した芦川柳之助がやって来て、

「先を急ぐのなら、お前らが端を通りゃあ好いだろう」

と、咎《とが》めた。

「いやいや、好いんですよう」

三喜右衛門は遠慮したが、

「よかあありませんや。手前《てめえ》ら、親がそんな風に言われたらどうするんでえ、黙って見過すのかい」

隆三郎は許さない。

「何だ手前は……」

売り言葉に買い言葉で喧嘩になる。

初めから芝居である。あっさりと隆三郎が三人を叩《たた》き伏せて、

「おやじさん、あっしらが言い過ぎました」

「勘弁してやっておくんなせえ」

「ごめんなすって……」

三人は詫《わ》びを入れる。

「わかってくれたら好いんだよ。こいつで一杯やってくんな」

隆三郎は三人に声をかけて、財布ごとくれてやる。

三人は恐縮するが、

「いくらも入っていねえから、取っておいてくんねえ」

隆三郎はそう言って、三人を立ち去らせると、

「出しゃばったことをいたしました……」

三喜右衛門に頭を下げた。

「いや、礼を言わねばならないのは、わたしの方ですよ。それにしてもお前さんは馬鹿だねえ。見ず知らずの爺ィのために、財布ごとくれてやるとは」

三喜右衛門は、隆三郎をつくづくと見て応えると、

「だが、わたしは、その馬鹿さ加減が気に入ったよ」

そう言って、からからと笑った。

「で、一文無しでどうするんだい」

「へい、まあ、何とかなるでしょう。そうやってこれまで生きてきましたから」

「とにかくうちへこないかい？」

「いえ、そんなことをしたら、お礼目当てと思われちまいますので、どうぞお気遣いなく」

「それではわたしの気がすみませんよ。お前さんと一杯やって話してみたくなったのでねえ」

「あっしのようなやくざ者と一杯やったところで、おもしろくもねえでしょう」

「まあ、そう言わずに。まだ、名を聞いていなかったね」

「あっしは、隆三郎というけちな野郎でございます」

「隆さんだね。わたしは、桜木町《さくらぎちよう》の〝駒井《こまい》〟という料理屋の三喜右衛門という者です」

「え？　てえことは、音羽の元締……。こいつはお見それいたしやした……」

隆三郎は、しどろもどろになって、三喜右衛門の誘いを断ることは出来ないと、ついていく――。

こうして筒井和泉守の思い通りにことが運び、柳之助は三喜右衛門と近付きになれた。

そして、我欲のない俠気《おとこぎ》に溢《あふ》れた隆三郎を演じた柳之助は、たちまち気に入られて、〝駒井〟の食客となり、日々、三喜右衛門の話し相手を務めているのだ。

（二）

桜木町の料理屋〝駒井〟は、親の代から続く老舗《しにせ》で、音羽の元締の住まいとなっていた。

広い中庭を挟んで表側が店で、裏側が住居部分。

三喜右衛門が主人だが、料理屋を仕切るのは女将《おかみ》のお豊《とよ》が主に務めている。

お豊は三喜右衛門の妹で、齢四十二。肌の色は浅黒いが、目鼻立ちがはっきりとして、すらりと背が高い。

子供の頃から利かぬ気で男勝り、歳の離れた兄・三喜右衛門を慕ってきた。

三喜右衛門もまた、お豊をかわいがり、全幅の信頼を置いている。

裏手の住まいの隣は小売り酒屋で、そこはお豊の夫・礼蔵《れいぞう》が主人である。

礼蔵は齢四十五。子供の頃から三喜右衛門の一家に身を置き、元締の右腕として辣《らつ》腕《わん》を揮《ふる》ってきた。

礼蔵とお豊の間には、千三《せんぞう》という十八になる息子がいて、礼蔵を助けている。

三喜右衛門には子供がいない。

前妻が亡くなり、

「早《はえ》えとこ後添いをもらって跡取りを……」

乾分《こぶん》達はそれを願ったが、元締を親から継いで、今まで休む間もなく苦労を重ねてきた三喜右衛門は、

「いや、そもそもこの仕事は、女房子供を持ちながらできるもんじゃあねえよ。子供がいたら、おれと同じ苦労はさせたかあねえや」

そう言って後添いももらわず、子を拵《こしら》えようともしなかった。

「おれの跡目は、誰かに継がせりゃあいいんだよ」

それが三喜右衛門の信条であった。

お豊と礼蔵の子・千三が継げばよいのだろうが、彼は頭もいいし、喧嘩度胸も据わってはいるものの、音羽の元締となればいささか荷が重い。

「千三には務まりません」

と、礼蔵もお豊も口を揃《そろ》えて言う。

喧嘩無双で、切れ者である礼蔵も、近頃はくたびれてきた。

お豊も〝駒井〟の切り盛りに忙しく、三喜右衛門が香具師から身を引くのであれば、その時は夫婦一緒に裏の仕事から足を洗い、料理屋と小売り酒屋に専念して、穏やかに暮らしたいと考えていた。

三喜右衛門が四十近く歳の離れたおりんを後添いにすると言い出した時は当惑したが、再婚を機に元締の立場から身を引くのならば、それもまたよいであろうと、内心ではほっとしていたのである。

人を見る目にはうるさい、礼蔵、お豊夫婦も、おりんを気に入っていた。

元締の女房という権勢を誇る気もなく、金目当てでもないのは、言動から見て明らかだった。

この先、三喜右衛門も老いていくのだ。

若い女房が傍《そば》に付いていてくれる方が、何かと心強いし、敬慕する三喜右衛門が恋女房と幸せに余生を過ごせるなら、言うことはない。

音羽、雑司ヶ谷界隈《かいわい》から離れたところで、ほどのよい料理屋でも二人で開いて、ゆったりと暮らしてもらいたいものだ。

水茶屋にいたのなら、客あしらいも出来よう。

料理屋の女将の心得を説き、お豊は現在おりんに〝駒井〟を手伝わせているのだが、

「よくできた子ですよ」

仕事に対する姿勢も勘もよく、ますます気に入っていた。

しっかりとした女中頭をおりんに付けてやれば、三喜右衛門とのひと時を十分に楽しみながら、この先やっていけるであろうと、お豊は安堵《あんど》しているのだ。

だが、そうなると、

「元締には、早えとこ誰に縄張りを譲るか、決めてもらわねばなるめえ」

礼蔵は日々思案していた。

「元締、誰か心当りはおありで？」

それについて三喜右衛門に問うと、

「心当りはあるにはあるが、譲るなら譲るで、縄張り内が、きっちりまとまっているか、ここらでひとつ、確かめておかねばなるまい」

と、三喜右衛門はその辺り、なかなかに慎重であった。

礼蔵には、その意味がよくわかる。

三喜右衛門は、元締として、賭場《どば》、岡場所、矢場などを取り仕切っている。

つまり博奕《ばくち》と女絡みだ。

先代から受け継いできたのは、博奕では客が泣かぬよう、遊里では女が泣かぬように目を光らせるという信義であった。

いずれも、絞り取れば絞り取るだけ、大きな金が動く。

腕尽《ず》くで金を稼いでやろうという、不埒《ふらち》な者が頭をもたげると、縄張り内は殺伐とし始める。

信義を受け継いでくれる者に後を託すのは無論だが、それにはまず今の縄張り内に、そういう不埒な者が潜んでいないか確かめてからでないといけない。

「そろそろ、そういう輩《やから》が正体を見せる頃じゃあねえかい」

三喜右衛門は礼蔵にそっと告げた。

「そのようで……」

三喜右衛門は、このところ若女房との惚気を交じえながら、己《おの》が引退を示唆する言動を縄張り内の方々でしてきた。

それにはこういう意図が隠されていたのだ。

南町奉行・筒井和泉守の読みは、この部分でも的を射ていた。

三喜右衛門の懐に入って、そこを見極め、元締が悪を一掃するのを、その場に応じて助け、報告するのが、芦川柳之助の役目であった。

とはいえ、〝駒井〟で食客として遇され、外出の折や、おりんが料理屋で女将修業に出ている間、三喜右衛門の話相手になることを得た柳之助であったが、まだ三喜右衛門から身を引く話は聞かされていなかった。

聞かされるのは、

「隆さん、おりんには何を買ってやったら喜ぶのかねえ」

「隆さん、たまげたぜ。おりんに祖母《ばあ》さんがいるというので会ってみれば、おれと同じ歳だったよ」

などという、惚気とも冗談ともつかぬ話ばかりであったのだ。

三喜右衛門に気遣って、柳之助は出来るだけおりんと顔を合わさぬようにしていたのだが、おりんは旦那のお気に入りと見て、

「隆さん……」

と、何かにつけて親しげに、声をかけてくれる。

――なるほど、余生を共に過ごしたくなる好い女だ。

そう思いながら、〝駒井〟での日々を、男衆の手伝いをしたり、小売り酒屋との繋《つな》ぎをしたりして、柳之助は律気な渡世人であることに努めた。

「あっしは前々から、音羽の元締のお噂を聞いて、一度お目にかかりてえと思っておりやしたが、こんなに目をかけてくださるようになるとは、夢にも思いませんでし

た」

ことあるごとにそんな言葉を口に出すうちに、

「隆さんは頼りになる人だねえ」

お豊は礼蔵に告げて、

「ああ、渡世人になったのには何か理由がある人だろうよ。元締が気に入るのもよくわかるぜ」

礼蔵も、この先三喜右衛門がおりんと料理屋をするなら、そこの番頭に据えても好いと思い始めていた。

柳之助は手応えを覚えつつ、その後もそっと様子を窺《うかが》っていると、礼蔵の許《もと》に足繁《あししげ》く通ってくる男の存在を認めたのである。

(三)

その男は、大塚《おおつか》の房五郎《ふさごろう》という、処《ところ》の御用聞きであった。

三喜右衛門が、奉行所と上手《うま》くやっていけているのは、縄張り内に凶悪な咎人《とがにん》が紛れ込めば、すぐにその情報を提供するからであったが、房五郎はその橋渡しを務めてきた。

奉行所としても、大っぴらに香具師に助けを求めるわけにもいかない。

それゆえ、密偵である御用聞き、岡っ引き、といった類の者が暗躍するというわけだ。

音羽、雑司ヶ谷界隈に盗人が逃げ込んだり、潜伏しているとなれば、まず処の顔役である三喜右衛門の許に、怪しい他所者《よそもの》がいるとの報《しら》せが届く。

三喜右衛門にしてみても、賭場や遊里に賊が潜入しているところを、役人には踏み込まれたくないので、房五郎にそ奴の立廻り先を伝えておく。

そうして房五郎は、賭場や遊里からそ奴が出てくるのを待って、奉行所の同心のお出ましを願うのだ。

房五郎は、三喜右衛門のお蔭《かげ》で、幾度となく手柄を立て、目明かしとしての箔《はく》を付けてきた。

その代わりに、房五郎は奉行所の見廻りや、取締りの状況などをそっと伝え、三喜右衛門一家と、奉行所の間に軋轢《あつれき》が起こらないように便宜をはかってきた。

とはいえ、その折は三喜右衛門の方から過分な礼がある。

房五郎が手札をもらっている同心の旦那にも、そこから幾ばくかの礼が渡るようにしている。

廻り方の同心とて、いちいち賭場や岡場所を取締ってもいられないので、凶悪な賊を外へ弾《はじ》き出してくれる三喜右衛門の手腕はありがたい。

この一帯は房五郎に預けておけば安泰であるし、余禄《よろく》にもありつけるからだ。

房五郎も大いに面目を施しているというわけだが、言い方を変えれば、音羽の元締あっての大塚の房五郎となる。

彼にとっては、三喜右衛門がふっと漏らした引退の意思が気になって仕方がなかった。

柳之助は、大塚の房五郎の名は聞いたことがあったが、定町廻り同心であった頃に音羽、雑司ヶ谷界隈は、自分の受け持ちでもなく、顔を合わせた覚えがなかった。

それだけ房五郎はこの地域に深く関わり、処の御用聞きというよりも、三喜右衛門一家の御用聞きになっていたといえる。

もっとも三喜右衛門は、

「大塚の房五郎？　ああ、あの御用聞きか。程よく銭を掴《つか》ませておけばいい。それだけの男だ」

と、まったく相手にしていないし、自ら会おうともしなかった。

それで、礼蔵が相手をしてきたのだが、房五郎はというと、

「音羽の元締が、身を引きなさるとか……」

という噂を耳にしても、

「ふッ、おもしれえ話だな」

と、これまではすかして取り合わなかった。

——何かあったら、酒屋の礼蔵がおれに言ってくるだろう。

そういう自負があったからだ。

ところが、方々の立廻り先で、

「親分、あの噂は本当なんですかねえ」

などと問われるので、いよいよ黙ってはいられなくなったのだ。

それで、隆三郎こと柳之助が〝駒井〟に厄介になる三日ほど前に小売り酒屋の礼蔵の許へとやってきて、

「礼さんよう。おかしな噂が立っているが、まさか本当じゃあねえだろうなあ」

探るような目を向けてきた。

——いよいよきやがったか。

礼蔵は、房五郎のおとないを予想していた。

「そうと決まったわけじゃあねえんだが、親分も知っての通り、元締は若えのを後添いにもらってから、この稼業に嫌気がさし始めているのさ」

礼蔵は、奥の一間に房五郎を請じ入れて、低い声で応えた。

「それで、元締は身を引くと、言いなさっているのかい？」

「身を引くとは言ってねえ、〝おりんと二人でのんびりと暮らしてえ〟と、言っていなさるのさ」

「そいつは、もう身を引いてしまいたいと、言っているのと同じじゃあねえか」

「それが元締の望みだが、まだ、おれもはっきりと聞いたわけじゃあねえんでね」

礼蔵はそう言ってはぐらかした。

日頃はこの界隈の者から、

「大塚の親分」

と、畏怖されている男が、落ち着きもなくそわそわとしている様子がおもしろかった。

偉そうなことを言っていても、所詮は自分達が命がけで守ってきた縄張りにたかっているだけの男なのだ。

「だが、元締も六十を過ぎたんだ。残り少ねえ歳月を、恋女房としっぽり暮らしてえと思ったとて、仕方がねえや」

礼蔵は房五郎の出方を見極めてやろうと、少し言葉に凄《すご》みを加えた。

日頃、酒屋の店先であったり、往来で顔を合わせたりする時は、

「こいつは親分、ご苦労様でございます」

などと、丁重な物言いで房五郎を立てるが、三喜右衛門の右腕として、二人で話す時は、対等に口を利くのが礼蔵の流儀であった。

房五郎は、そんな口調で話される方が、

——おれを身内だと思ってくれているわけだ。

と思えて、かえって礼蔵に親しみを覚えているらしい。

「まあ、そりゃあ確かにそうだが、そうなった時は元締の跡目は誰が継ぐんだい？

やはりここは礼さんが継ぐしかねえか。おれはそれがありがてえ……」

房五郎は馴れ馴れしく言った。

「いや、おれは元締にはなりたかねえよう。三喜右衛門の兄ィが身を引いたら、おれは酒屋のおやじ、お豊は料理屋の女将として、暮らすつもりさ。そん時は房五郎親分、ご贔屓《ひいき》に願いますよ」

「おいおい、そうなりゃあ、だれが音羽の元締を継ぐんだよう」

「さて、そいつは元締の腹ひとつだな」

「何でえそれはよう。そんなら早晩元締は誰かに縄張りを譲っちまうと考えた方が好いってことだな」

「互《たげ》えに、そう考えた方がよさそうだ」

「だが、跡を継いだ奴が、おかしなことを始めたら、おれはお上の御用を務める身として、黙って見ちゃあいられねえからよう」

「さすがは親分だ。おれもそれが心配なんだよ。おかしな奴に跡は継がさねえが、元締が身を引くという噂が流れた途端に、悪事を企む奴が出ねえとも限らねえ」

「うむ、それもそうだな」

「親分、うちの縄張りで、どさくさに紛れて何かやらかそうという野郎がいねえか、ちょいと探ってくれねえかい」

「なるほど、元締の手前、今は爪も牙も隠しているが、隙あらば何でも掠《かす》め取ってやろうという悪党は方々にいるはずだ」

「親分にかかったら、そんな連中はすぐに炙《あぶ》り出されるんだろうねえ」

「任せておいてくんな」

房五郎は礼蔵に乗せられて胸を叩いた。

「だが礼さん、揉《も》めごとが起こったら、おれも八丁堀の旦那に内緒にしておくわけにもいかねえぜ。そうなりゃあ、先立つ物がいるよ」

そして、言外に金の無心を匂わせるのであった。

「無事にうちの元締が身を引くことができたなら、その時にまた改めて、たっぷり礼はしますぜ」

「頼んだぜ。とにかく旦那をじっとさせておくためには、金がかかるからよう」

房五郎は、巧みに礼金の金額を吊《つ》り上げようとする。

「わかっていますよう。親分とは持ちつ持たれつやってきた仲だ。覚えておりやすから、ひとつかかっておくんなさい」

と、その日はそれで房五郎は去っていった。

彼はこの縄張り内で、自分の稼ぎどころがなくなるのを恐れている。

少しくらい摑ませてやろう。それで縄張り内に溜《た》まった澱《おり》を取り除くことが出来れば安いものだ。

礼蔵はそのように思っていた。

三喜右衛門の一言で、何人もの男達が、先行きがどうなるかと、やきもきとしていたが、当の本人は至って変わらず、

「隆さん、ちょいと付合っておくれな」

と呑気《のんき》に外出を楽しんでいた。

（四）

この日、三喜右衛門は神田川《かんだ》の北岸に出かけた。

駒塚橋《こまつか》の近くに水神社《すい》があり、別当寺《べっとうじ》が並び建っている。

神田上水の向こうに広がる早稲田《わせだ》田園の風景と相俟《あいま》って、実に風光明媚《めいび》なところである。

三喜右衛門が住処《すみか》としている〝駒井〟は、桜木町にあり、そこから北へ音羽の通りを進むと、護国寺に出る。

護国寺は、五代将軍・徳川綱吉《とくがわつなよし》の生母・桂昌院縁《けいしょういんゆかり》の名刹《めいさつ》で、近くには雑司ヶ谷の鬼子母神《きしもじん》社がある。鬼子母神は言わずと知れた子授け安産の神。

それゆえ護国寺界隈は、大きな賑《にぎわ》いを見せているのだが、三喜右衛門はこの辺りに

行きたがらない。

そっと行ったつもりでも、

「こいつは、音羽の元締！」

などと、無遠慮に大声で呼びかける者がいるからだ。

気晴らしに出かけたというのに、正体が知られてしまうと、ここぞと頼みごとをしてくる者が現れる。

無下に撥《は》ねつけることも出来ない気性ゆえに、真《まこと》に疲れてしまうのである。

そんな事情もあって、三喜右衛門は近くの目白不動《めじろふどう》さえも避け、神田川辺に出かけることが多いそうな。

「お気持ちはわかりますが、お一人だと、先だってのような行儀をわきまえねえ野郎が、絡んでくるかもしれやせん。お気をつけた方が好いですよ」

柳之助が諫《いさ》めると、

「皆に同じことを言われるよ」

三喜右衛門は首を竦《すく》めてみせた。

「だが隆さん、話していても何もおもしろくないのと一緒にいるのは、拷問されているようなもんだぜ」

「そいつは畏れ入ります……」

南町奉行所の同心である柳之助であるが、隆三郎となって三喜右衛門に気に入られるのが、素直に嬉《うれ》しかった。

「この辺りに来たことはあるかい？」

「へい。随分前に通りかかったことがあったような……。といっても、こんなきれいな景色だったとは、覚えておりませんでした」

「この別当寺の竜隠庵《りゅうげんあん》に、昔、松尾芭蕉《まつおばしょう》が住んでいたとか」

「ほう、芭蕉が……」

柳之助はすっと応えたが、遊び人の隆三郎が、芭蕉に詳しいのもおかしいので、

「随分前に世話になったお人が、俳句好きでございましてね……」

と、続けた。

「そいつはまた風流なお人だねえ。忙しさにかまけて、つい忘れてしまうが、俳句のひとつ捻《ひね》られねえようじゃあ、人としておもしろくないねえ」

「仰しゃる通りで……。で、芭蕉はこの寺に住んで俳句を毎日詠んでいたんですかい？」

「いや、上水の改修普請《ふしん》に加わっていたとか」

「人足みてえなことを……？」

「水番屋に勤めていたそうだね」

「左様で……」

「芭蕉先生は伊賀《いが》の出で、ここの上水を普請したのは伊賀のご領主の藤堂《とうどう》様だったというから、そういう縁で務めたんだろう」

「俳諧だけでは食っていけなかったんですかねえ」

「そういう頃もあったんだろうねえ。その頃はかの松尾芭蕉も、聞き分けのない人足の一人や二人、張り倒したのかもしれねえ……。そんなことを考えると、楽しくなってくるのさ」

「なるほど、そんなことを考えながら、毎日暮らせたらよろしゅうございますねえ」

「ああ、働くのも大事だが、もう少し手前のために生きてみてえものさ」

「元締には、若いおかみさんがいますから」

「そういうことさ。おりんと二人でのんびり暮らしてえ……。このところ、そればかり考えているよ」

「跡を継ぐ人を決めねえといけませんねえ」

「ああ、それが大変だ……」

三喜右衛門は、身を引く意思を、初めて柳之助に示した。

「あっしにできることがあれば、何でもお言いつけくださいまし。喜んで当らせてもらいます」

柳之助は、三喜右衛門に向かって畏《かしこ》まってみせた。

「ありがたい。隆さんは頼りになる男だ。よろしく頼みますよ。まあ、互えに玄人《くろうと》だ。命を張るまでもねえや……」

三喜右衛門は、頬笑むと、景色を楽しみながら竜隠庵へと向かった。

柳之助はあとへ続きながら、〝おりんと二人でのんびり暮らしてえ〟という三喜右衛門の言葉を思い出していた。

三喜右衛門からその言葉を聞く度に、恋女房の千秋《ちあき》の顔がちらつくのだ。

先日は〝日暮れ横丁〟という危険な地域への潜入のため、夫婦で団子屋に扮して、隠密の仕事をこなした。

大変な任務であったが、いつも一緒にいられる喜びに充《み》ち足りていた。

その想いは千秋も同じで、この度の柳之助の潜入を知った時は、

「そこは、二人一緒というわけにはいきませんね……」

ふっくらとした顔に憂えを浮かべたものだ。

とはいえ、奉行・筒井和泉守からの命を柳之助に伝えた、古参与力の中島嘉兵衛《なかじまかへえ》は、

「ひとまず一芝居を打って、懐に潜り込んでくれぬか」

と、三喜右衛門に近付く段取りを説いたのだが、

「この後はおぬしに断りもなく、御新造に出張ってもらうこともあるかもしれぬが、その折はよしなにな」

気になることを告げていた。

三喜右衛門に近付いてからは、小者の三平《さんぺい》と、密偵の九平次《くへいじ》が、物売りなどに化けて桜木町にやって来て、時折は繋ぎをとっていた。

奉行の和泉守は、自分の思惑通りに柳之助が三喜右衛門に気に入られていると聞いて、上機嫌らしい。

御用聞きの房五郎については、

「音羽の元締とは持ちつ持たれつやっているようで、どうこう言うつもりはないが、ちょっとばかり深入りしているようだな」

少しばかり苦々しく思っているらしい。

奉行所のため、町の衆のために動いているのならよいが、己が欲得のために動いているきらいがあると、和泉守は見ているのだ。

それは、与力の嘉兵衛も同じ想いで、そのうちに千秋にも招集がかかるに違いない。

柳之助にしてみても、そこが読めるだけに自分が潜入するにあたって、千秋には三喜右衛門についての概要を知らせておいた。

千秋にしてみると、

「香具師の元締など、そもそもこの世にいなくったっていいのではないですかねえ?」

と謎であるらしい。

三喜右衛門が身を引けば、それを機によからぬことを企む者が出てくるというならば、初めから三喜右衛門一家など、法の下に裁いて潰してしまえばよいと、千秋は思っているのだ。

「千秋の想いはよくわかる。だがな、世の中には俠客《きようかく》、やくざ者、香具師の元締などという者も、いなければ成り立たぬのだよ」

「どうしてです?」

「世の中から、なかなか無くならないものが三つある……」

「何でしょう」

「ひとつは、明日の米にも困る貧乏だ」

「明日の米に困っても、親兄弟が助け合って立派に暮らしている人はいます」

「確かにそうだ。だが、その親兄弟が貧しさに堪えかねて悪事を重ねればどうなる？」

「自分も悪いことをするしかありませんね……」

「だろう。そんな境遇に生まれちまったら、生きるためにぐれてしまう。これが二つめだ」

「そういう人を真っとうな道に導くのが、世間の務めではありませんか」

「もちろん、お上もそうあるべきだが、一度足を踏み外した者を、お上が立ち直らせたところで、世間はそいつに関わろうとはしない」

「そうでしょうか」

「島帰りの者二人が担ぐ駕籠《かご》と、親の代からの駕籠舁《か》きが担ぐ駕籠。どちらかを選べと言われたらどうする？」

「わたしは、どちらでも構いません」

「それは千秋が強い女だからさ」

「そうですね……」

「貧しさと、どうしようもない境遇、世間からの冷たい仕打ち……。この三つが無くならぬ限り、はみ出し者は無くならないのさ」

「なるほど……」

千秋は神妙に頷《うなず》いた。

先日潜入した〝日暮れ横丁〟では、物心ついた時から大人に騙《だま》され、掏摸《すり》の片棒を担ぐしか生きる術《すべ》のない子供を、柳之助と二人で保護した。

三喜右衛門は、そんな者達に手を差し伸べているのだ。

裏道でしか生きられない者も、香具師の一家が引き取り、決して阿漕《あこぎ》なことをしてはならないという行儀を教え込めば、人様の役に立つこともある。

もしも、三喜右衛門の一家を封じ込んでしまえば、世間のはみ出し者は行き場を失い、人を殺し金品を奪う、凶賊になるしかないのだ。

博奕、売春の類が世の中から無くなることはないだろう。

何ごとも押さえつけると、人は反発して世の中がぎくしゃくとする。

と言って、何もかも許せば世の中の風紀は乱れるし、お上がそれを統制するのもおかしな話だ。

そこに、処の顔役、やくざの親分、香具師の元締といった者が睨《にら》みを利かす必要があるわけだ。

お上の役人より、こういった者達が、細やかな気遣いをもって、若い者達をまとめていかねばならない。

「あぁ、世の中は皮肉だらけだよ。だが三喜右衛門という元締は好い男だと聞いている」

千秋は嘆息した。

「皮肉な話ですねえ」

「おもしろそうな人ですね。四十近く歳が離れた人を妻にして、これからは二人で楽しく暮らしたい、などと言っているのでしょう。羨ましゅうございますよ」

「おれ達はまだまだ、二人でのんびり暮らせることはなかろうな」

「わたしは、のんびり暮らさなくてもよろしゅうございます。旦那様と一緒なら、どんなところで何が起きても楽しゅうございますから……」

一通り話し終えると、千秋は少しうっとりとした目を向けてきた。

その千秋は、望み通り、奉行所から新たな命を与えられたのであろうか。

――さて、どこで、どんな様子で千秋に会えるのだろう。

柳之助は三喜右衛門に負けじと、恋女房の容《かんばせ》を頭に思い描いていた。

（五）

大塚の房五郎は、それからよく働いた。

早速、彼が酒屋の礼蔵に告げたのは、旗本・経堂甚之丞《きょうどうじんのじょう》の不穏な動きについてである。

三喜右衛門が取り仕切る賭場は、音羽、雑司ヶ谷界隈には三つある。

場所の仕切りをしているのが、甚之丞である。

賭場が旗本屋敷で密《ひそ》かに開かれているというのは、よくある話だ。

旗本屋敷には、町方役人が足を踏み入れられないことになっている。

それゆえ、中間《ちゆうげん》部屋を賭場にして、御開帳となるわけだ。

中間は、〝折助《おりすけ》〟などと言われる武家奉公人で、一所に止《とど》まらず、日雇いで奉公に上がる渡り中間もいる。

武家と町人の間にいるゆえ、何かと小回りが利くので、中間が賭場を仕切ってあがりの幾らかを旗本に渡すのだ。

天下泰平が続き、旗本達は役付きになる以外、出世の道はない。

とはいえ役の数は決まっている。

就職は容易ではない。

経堂甚之丞は、徳川譜代の旗本ではあるが、文武両道とはいかず、それなりに修めた剣術は、ぐれて盛り場を徘徊《はいかい》した時の、喧嘩の武器になったに過ぎない。

千石取りであるから、高禄《こうろく》の旗本といえるが、無役の小普請《こぶしん》では増収は望めず、物価の上昇と共に千石の価値も落ちていく。

しかし千石の家格の誇りが邪魔をして、伝手《つて》を頼んでの就職も、人に頭を下げたくないゆえに進まない。

三十五にもなって、小普請に甘んじ、金もないのに派手な暮らしを送っていたから、家は困窮を極めていた。

そこに目を付けた三喜右衛門が、甚之丞に働きかけ、経堂屋敷と共に、親族八百石の旗本屋敷、分家三百石の旗本屋敷を賭場に借り受けることにしたのだ。

上、中、並の三つの賭場は、その大きさ、流れる金の多寡によって分けられ、それを仕切る甚之丞には、三軒分で月百両の金が渡っていた。

別途で、博奕の規模が大きい時は、それなりに礼金も支払っていたし、料理屋〝駒井〟での飲み食いは、一切無料になっていた。

三軒の賭場は、それぞれの屋敷の中間が、小回りの用を務め、三喜右衛門の乾分達が博奕を仕切った。

この際、中間や屋敷内の家士達にも祝儀が出るゆえ、経堂家とその一族は、三喜右衛門のお蔭で、随分と潤ってきたといえる。

しかし、仕組みが出来上がると、甚之丞は表向きに出てこなくなった。

初めの頃は、自ら交渉にも出たし、揉めごとがあれば自分が先頭に立って収めもしたものだが、このところは人任せになっていた。

藍太郎《あいたろう》という中間を代理に立て、何ごとにも当らせてきたのである。

礼蔵は、その都度三喜右衛門に伺いを立てたが、

「いちいち殿様が仕切る方がおかしいぜ。中間に任せるというなら、まったく構わねえよ」

三喜右衛門はそう言ってきた。

礼蔵は、腕っ節では誰にも引けはとらない男である。

藍太郎が勝手な絵を描き出すようなことがあれば、

「お旗本の家来だからといって、容赦はしねえ」

という気持ちで接してきた。

藍太郎も礼蔵の恐《こわ》さはよくわかっているようで、

「礼蔵の旦那」

と言って立ててきた。

それで、賭場はいつも通りに動いていたし、甚之丞には決まった分を、これまで通り渡していたので、障りなくやってこられた。

しかし、房五郎は、

「礼さん、藍太郎が近頃、横着になりやがったって、お屋敷の奉公人達は言っているようだね」

と言う。

礼蔵には相変わらずの態度だが、陰に回ると、

「おれは経堂の殿様の裏家老さ」

などと公言して、経堂家の奉公人に太平楽を言うようになっているらしい。

三喜右衛門の乾分達に対しても、近頃は態度が大きくなっていて、自分の客を賭場にそっと紛れ込ませていることもあるという。

「そうかい。おれもちょいと心に引っかかっていたんだ。藍太郎も殿様から仕切りを任されているんだ。恰好《かっこう》をつけてえのはわかる。放っておこうと思っていたんだ

が……」

「元締が身を引くなんて耳にしたものだから、この先は手前で勝手に賭場を開こうなんて思い始めたのかもしれねえぜ」

「ふん、あんな野郎が仕切れるはずがねえ。元締は身を引いた後は、代わりを立てるつもりでいなさる。そいつが許すはずもねえ」

「それが誰か気になるところだが、三喜右衛門の元締なら従うが、違う野郎が元締になるなら今まで通りにはいかねえと、藍太郎は考えているのかもしれねえや」

「だが、うちの縄張りはしっかりとできあがっているのさ。できあがったままで継いでくれる人に渡さねえと、元締は気がすまねえはずだ」

「なるほど、手前は身を引いても、そこにいる者は今まで通りに暮らしていけるようにとの気遣いか。元締らしいや」

「藍太郎が好い気になっているのはわかったが、他に何か企んでいやがるのかい？」

「何を企んでいるのかはわからねえが、近頃あの野郎は、鬼松《おにまつ》を連れ歩いているようだ」

「鬼松……？」

「松三《まつぞう》という暴れ者だよ」

「ああ、あの松三か……」

礼蔵は苦い顔をした。

「ここんとこ見ねえと思っていたが、また戻ってきやがったのか」

「ああ、それで近頃は鬼松と言われているのさ」

鬼松こと松三は、音羽から雑司ヶ谷で一時暴れ回っていた破落戸である。

六尺はあろうかという偉丈夫で、界隈の勇み肌の衆の頂点に立っていた。

若い者は、どういうわけか知らぬ顔を見かけると、もうそれだけで喧嘩になってしまう。

腕っ節が強く、喧嘩自慢の者がそこから自然と生まれ、

「どっちが強えか、はっきりさせようじゃあねえか」

などという馬鹿な話となり、勝った者がまた新たな敵と戦い、〝喧嘩無双〟となる。

「それも、若い者のご愛敬さ」

三喜右衛門は、若い頃は何かを競いたくて、特に恨みつらみもない者同士で喧嘩になったりするものだ、

「笑って見てやれば好い」

と、日頃から言っているのだが、喧嘩の強さを誇って、それを悪用するようになれ

ば、そいつはどうしようもない破落戸となる。

「悪人の喧嘩自慢は、人様の迷惑だ。おれの縄張りの中にはいさせねえよ」

三喜右衛門はたちまち、追い出しにかかるのだ。

松三は〝喧嘩無双〟にして、強請《ゆす》り、たかりを繰り返す破落戸になった男であった。

三喜右衛門一家何するものぞ。自分を身内にしたいのなら、考えてやらねえこともない――。

そんな態度すら示し始めた。いつもなら、

「あいつは暴れ者だが、気の好い奴だ。誰か面倒を見てやんな」

というのが三喜右衛門だが、

「礼蔵、奴に本当の喧嘩を教えてやりな」

松三に関してはそう言った。

礼蔵はそれで、護国寺の門前で強請りを働く松三を捉えて、

「お前、喧嘩が強えんだってな……」

と言うや、松三を蹴り上げ、脱いだ雪駄で顔を張り、完膚無きまで叩き伏せたのであった。

「お前の喧嘩なんざ、所詮は素人《しろうと》なんだよう。弱え者を苛《いじ》めて銭をまきあげるくれえ

が好いところだと思い知りやがれ」

　町から出て行けとは言わなかった。

　恥と思えば勝手に出て行くであろうし、かわいげのある男なら、

「お見それいたしやした。どうか乾分にしてやってくだせえ」

　と、負けを認めて訪ねてくるだろう。

　しかし、松三は町を出たものの、心を入れ替えて三喜右衛門の身内になろうともしなかった。

「あんな野郎は、身内にしたとて心を改めるとも思えねえ。これでよかったのさ」

　礼蔵はそう思ったし、気にも留めなかった。

　それから五年が経《た》ったが、松三は姿を見せなかったので、礼蔵もすっかり忘れていた。

　どこかで野垂れ死んでいるか、よからぬ仲間とつるんで捕えられ、島送りにでもなっているか、そんなところであろうと、思っていたのだ。

　しかし、房五郎の話では、この松三が町に舞い戻ってきて、藍太郎に引っ付いているという。

　それで、鬼松などと呼ばれて悦に入っているらしい。

礼蔵は、ここが三喜右衛門一家の縄張りと知りながら、何の挨拶もなしに藍太郎の右腕を気取りつつ、一家の賭場をうろつき始めたことを真に腹立たしく思っていた。

藍太郎とて、松三と礼蔵との経緯《いきさつ》は知っているはずだ。

それでも連れ歩いているのは、三喜右衛門一家への面当てにもとれる。

「まず問い質《ただ》したところで、藍太郎は知らなかったと言うだろうし、松三もおれが恐くて挨拶にも行けなかった、などとその場は取り繕うだろうな……」

「ああ。それで、この五年であっしも心を入れ替えました……。なんてことをぬけぬけと言うに決まっている。礼さん、どうも気になるだろう。元締の噂が流れたら、いつの間にか松三が帰ってきて、鬼松なんぞと呼ばれているとはな」

「藍太郎は殿様の家来だ。あいつが誰を雇おうと、文句は言えねえ。その辺りも見越していやがるのかもしれねえな」

「気をつけた方が好いぜ」

「そうだな。親分、好いことを教えてくれたぜ」

「藍太郎については、もっと調べておくよ」

「頼んだよ。おれの方でも賭場の様子を探っておくとしよう」

「そいつは好いが、礼さんが動くと値打ちがなくなるぜ」

「わかっているよ。ちょいとばかり頼りになる男がいてよう。そいつに頼んでみよう」

「近頃、元締が連れ歩いている男かい？」

「ああ、歳は二十五、六ってところだが、腕も立つし、頭も切れそうな男だ……」

（六）

大塚の房五郎が、酒屋の礼蔵を訪ねた翌日。

隆三郎こと柳之助は、ふらりと護国寺に出かけた。

昼下がりとなり、〝駒井〟での仕事が一段落したおりんが、三喜右衛門の許へ戻ってきて、二人で茶菓子を楽しみ始めたので、

「ちょっと一周《まわ》りしてきます」

と断って出てきたのだ。

仲睦《むつま》じい夫婦を見ているのは心地よいものだが、六十男と二十歳過ぎの夫婦となると、

「どうぞ、お好きなように……」

そんな気持ちになって、その場から逃げ出したくなる。

三喜右衛門は、隆三郎に時折、辺りをぶらぶらと見廻ってきてくれないかと、頼み始めた。

物見遊山に出かけてくれたら好いと言うのだ。

隆三郎なら、新鮮な目で縄張り内を見歩き、おかしな者がうろついているかどうかを、瞬時に見極めて報せてくれるだろうと、考えているようだ。

柳之助に異存はない。

この度の隠密廻り同心としての仕事は、元より三喜右衛門が元締を何者かに譲った時、そこでどういう悪党が勢力争いを始めるのかを見極めることなのだ。

とどのつまり、奉行所でも三喜右衛門一家でも、見廻りをしていることになるのが、おかしかった。

護国寺門前は賑わっている。

――ふッ、怪しい野郎がいるぜ……。

柳之助は、汗ばむ暑さを吹きとばしてくれる愉快な男の姿を見かけて頬笑んだ。

門前の掛茶屋に、巌《いわお》のような偉丈夫が長床几《ながしょうぎ》に腰をかけ、しかつめらしい顔で茶を飲んでいる。

地味めの茶の筒袖に紺袴《こんばかま》、武張った差料《さしりょう》を帯びている剣豪らしき男は、芦川柳之助の盟友である、南町奉行所定町廻り《じょうまちまわり》同心・外山壮三郎《とやまそうざぶろう》であった。

この度の繋ぎは、壮三郎も変装をした上でのことであるらしい。

柳之助は背中合わせに腰をかけ、

「よくお似合いで……」

小声でからかうように言った。

「この辺りはおれの持ち場ではないのでな」

壮三郎は、少し憮然《ぶぜん》として応えた。

音羽の三喜右衛門についての探索は、この辺りの持ち廻りの同心にも伝えていない。

長年にわたって三喜右衛門と持ちつ持たれつやってきた同心は、御用聞きの房五郎を間に立て、表向きは知らぬ顔を決め込んできた。

それゆえこの度の潜入も、いつも通りでいてくれないと困るのだ。

奉行所が動くとわかれば、

「わたくしにお任せを……」

などと言って余計な動きをすることも考えられる。

繋ぎをとる同心も、目立つようでは困るのである。

「かえって目立ってはおらぬか?」

壮三郎は、変装はしたものの、そこが気になるらしい。

「いや、いかにも強そうなやっとうの先生という様子ですからねえ。恐くて誰もじろじろと見たりはしませんよ」

柳之助はふっと笑った。

「で、何か動きがありそうか?」

「特にないが、賭場にちょいと気になることが……」

「行くのか?」

「様子を見に行ってくれと頼まれたよ」

「さすがだな……」

昨夜、酒屋から礼蔵が訪ねてきて、

「隆さん、経堂屋敷に賭場があるんだが、ちょいと遊んでみておくれな。それで、お前が気になったことを教えてもらいてえんだ。腹が立ったこととかよう」

と、柳之助に告げたのだ。

つまり、食客の隆三郎が賭場で遊んだ感想を報告し、礼蔵が異常がないかまず判断してから動くというものであった。

この頼まれごとから考えてみても、柳之助がいかに三喜右衛門とその一家に見込まれたかがわかる。

もっとも三喜右衛門は、

「おれは隆三郎という男を手放しに信じちゃあいねえ。だがひとつはっきりしているのは、あの男は何があっても曲がったことをしねえってことだ。おれは、そういう男になら騙されたって好いと思っているのさ」

と、礼蔵とお豊には告げているそうだが――。

「気になることとは？」

「〝鬼松〟と異名を取る、松三という野郎が、うろつくようになったとか」

「わかった。こっちも手を打っておこう」

それから柳之助は、背中合わせに何ごとか語り合った後、〝駒井〟に戻り、礼蔵立会の下で三喜右衛門に、

「今宵《こよい》は、賭場で遊ばせていただきやす」

と挨拶をした。

「賭場か……。そいつは好いや。ここ一月《ひとつき》くれえ、おれも覗《のぞ》いていねえや。どんな具合だったか教えておくれ」

三喜右衛門はそう告げると、隆三郎に十両の金を、遊び賃だと渡してくれた。

日が暮れる頃となり、礼蔵とお豊の息子・千三が、賭場まで案内してくれた。

千三はまだ十八歳の若者だが、体も引き締まっていて、風貌は大人びている。

いかにも喧嘩が強そうだが、愛敬があり、よく喋《しゃべ》る。

父親と偉大なる伯父が、隆三郎に目をかけているのはわかっているので、兄貴分のように慕ってくれる。

「隆さんは何か聞いているのかい？」

「何かって？」

「元締が身を引いちまうって話さ」

「そんな話を、居候《いそうろう》のおれが知っているはずはねえよ」

「でも、様子でわかるだろう。もう、おりんさんに首ったけでどうしようもねえ。とにかく早く元締なんか辞めちまいたい、て様子がさ」

「さあ、惚気を聞かされる限りでは、のんびり二人で暮らしてえと、心の底から思っていなさるような……」

「やはりねえ」

「千さんは、身を引いてもらいたくはねえのかい？」

「まあ、伯父さんがそうしてえのなら仕方がねえが、その後がどうなるか、随分と気になるねえ……」

「代わりが見つかるかどうかが心配だね」

「誰かに譲って、うまくいくものではないと思うよ。伯父さんだから、平穏無事でいられるけどね」

「礼蔵さんが継げば好いと思うがねえ」

「お父《とっ》つあんが？」

「そうして、やがて千さんが継げば好いさ」

「勘弁しておくれよ、お父つあんは、音羽の三喜右衛門あっての酒屋の礼蔵なのさ。だから伯父さんが身を引けば自分も引く。おれも継ぐつもりなどないよ」

「そうかい、そいつは困ったねえ。それだけ音羽の元締が偉過ぎるってわけだ」

「ああ、怒れば鬼になり、真っとうに暮らす人にはいつだって仏さ。あのお人ほどおっかねえお人はいねえや」

「真似はできねえかい」

「何年経っても無理だね」

礼蔵以上に、千三は三喜右衛門を敬慕しているらしい。口ぶりからそれはわかる。だが鬼にも仏にもなれる人間は、そうはいない。敬慕すればするほど、

——おれは、あんな風にはなれない。

と思うのであろう。

千三と話す間に、経堂屋敷についた。

千石取りともなれば、長屋門のあるなかなかに立派な屋敷である。七百坪くらいはあるだろうか。

音羽の三喜右衛門からの援助があるだけに、屋根も塀も傷んではいない。

東側の一画は、百姓地に面していて、そこの勝手門から中へと入るらしい。

表の通りから勝手門は、杉並木で見え辛い。

賭場には実に好い立地だが、この杉は経堂甚之丞が三喜右衛門に頼んで、植えさせたようだ。

御開帳の日は、勝手門の切戸は小さく開かれていて、さすがは千三である、近付くと勝手に開いたものだ。

「こいつは千三さん……」

屋敷の中間が頭を下げた。

「うちのお客人の隆三郎さんだ。よろしく頼みますよ」

千三は、堂々たる物言いで中間に心付けをそっと摑ませる。

「へい。ありがとうごぜえやす。さあ、遊んでいっておくんなさい」

柳之助は、千三にひとつ頷くと中へと入った。

入ると武家奉公人達が暮らす御長屋があり、さらにもう一棟御長屋が隣接している。

中間の向こうにいた渡世人風の男が、

「お客人、こちらでごぜえやす」

と、もう一棟の御長屋へ案内してくれた。

この渡世人は、三喜右衛門一家の身内の者であろう。

堅気の者でないのは、その佇《たたずま》いでそれとわかるが、身だしなみもこざっぱりとしていて、月代《さかやき》もきれいに剃《そ》り上げ、髷《まげ》に乱れはない。

どこまでも下手に出て、ひとつひとつの態度が気持ち好い。

「あっしは客人といっても大した男じゃあ、ござんせん、隆三郎と呼んでおくんなせえ」

柳之助は、案内の衆に親しげに語りかけた。

「とんでもねえ。今日はお客人としてお迎えしておりやす。またいずれどこかで、隆さん、などと呼ばせていただけたら、嬉しゅうございます。あっしは、平吉《へいきち》と申しやす」

平吉という案内の衆はどこまでも丁重で、そつが無かった。

「そんならまたそのうちに」

「それより、今日は勝ってお帰りくださいやし」

「ははは、違えねえや」

軽口を利いていると、御長屋の出入り口の前に来ていた。

元からある中間部屋を賭場にしていると思ったが、建物は造りが他の御屋敷よりも新しく、きれいに出来ていた。

出入り口の周辺は、客と案内の衆で賑わっている。

そこに、着流しではあるが黒羽織を着て、腰には大小をたばさんだ男が、客達と談笑している姿が見えた。

ここは三喜右衛門一家の賭場でも最上位のところで、来ている客も富商の主や、物持ちの武士、医者、通人といった、上流の者が多かった。

件《くだん》の黒羽織の武家は、高禄の武士の中間という恰好で、草履取りの折助などとは、一段違う装いであった。

その傍らには、黙って彼に寄り添う偉丈夫がいた。

柳之助は案内の平吉に、

「あれは、ひょっとして、藍太郎というお人で……」

と、小声で訊《たず》ねた。

「左様で。もうご存知のようで……」

「となりゃあ、引っ付いているのが、鬼松ってわけで」

「へい……」

平吉は、少し顔をしかめてみせた。

「ただの奴《やっこ》さんじゃあねえようで……」

柳之助は、少し皮肉を込めた。

藍太郎は上客と見られる相手には、お愛想を言っているが、柳之助と平吉の方には見向きもしない。

客は皆、三喜右衛門の一家が招いている。

元締が身を引くというなら、この賭場は経堂甚之丞が自ら仕切るとでも考えているのだろうか。

鬼松こと松三は、五年ぶりにこの界隈に戻ってきたらしいが、いかにも獰猛《どうもう》な顔をしている。

喧嘩無双が悪の修業を重ねて、人から鬼に変身したような様子である。

この賭場の客層には、似つかわしくないが、藍太郎は、

「この鬼のような男が、皆さんをお守りいたしやす。心丈夫でしょう」

とでも言いたいのであろうか。

平吉は藍太郎と松三の脇を通り過ぎ、柳之助を御長屋の中に設《しつら》えた賭場へ案内しながら、

「随分と調子に乗っておりやすがね。まあ、近頃は殿様の代貸《だいがし》を務めているので、少々のことは大目に見てやろうというところですよ……」

と、小さく笑った。

柳之助が、自分の想いをよくわかっていることが嬉しかったのであろう。

千三がわざわざ連れてきた、この客人は、礼蔵の意思を多分に含んでいるのかもしれない。そうであれば、三喜右衛門の元締は、藍太郎と鬼松が好い気になり始めていることに気付いているわけで、乾分にしてみても安心出来るのだ。

「何かあったら、あっしを呼んでおくんなせえ」

平吉はそう言うと、帳場の方へ去っていった。

柳之助は、やや緊張の面持ちで、下足番に祝儀を渡して座敷へ上がった。

緊張を覚えたのは、鉄火場の熱気に気圧《けお》されたわけではない。

博奕場としては明るく、清潔に保たれているのが、上客には受けるのであろう。そこに殺伐としたものはないのだが、かつては役人として何度となく踏み込んだ悪所が妙に居心地がよいのに戸惑うのだ。

そして緊張は、丁半賭博の盆茣蓙《ぼんござ》で壺《つぼ》を振る婀娜《あだ》な女の姿が目に入った時に極《きわま》った。

壺振りの姐《ねえ》さんは、恋女房・千秋であった。

片肌脱ぎはしていないが、男勝りに着物を着こなし、僅かに片膝を浮かせて壺を振る千秋の艶姿に、しばし目を奪われたのであった。

（七）

隆三郎こと柳之助は、金をこま札に替えて、ひとまず博奕に加わった。

壺振りの千秋は、ちらりと愛《いと》しき夫・柳之助の方を見て、妖艶に頰笑んだ。

客は一斉に、柳之助に羨望の眼差しを送った。

新たに入ってきた客に会釈したと思いたいが、

――この姐さんは、こいつを好いたらしいと思ったのかねえ。

などとやっかんでいるのだろう。

そうすると柳之助も、

――なんだなんだ。どいつもこいつも、おれの妻をものにしようなどと、不埒なことを考えているのか。

と、強烈な嫉妬交じりの対抗心が湧いてきた。

「ちょいと遊ばせてもらいますよ……」

と、粋な遊び人を気取って、気前よく〝丁〟〝半〟と張っていく。

こういうところでは、あっさりと負けて、軽く頭を下げて去っていくのが恰好よい。

どうせ、遊んできてくれともらった金だ。

負けたところで、三喜右衛門一家に還元されるのだ。

負けても負けても爽やかな顔。

おもしろい男だ――。

と、思わせてやる。

そんなことを考えながら、立て続けに三つ負けたが、不思議とそこから付き出した。

博奕に大勝ちするると嫌われる。

反目に張ろうとしても勝つ。

「こんなのは初めてでございますよ……」

柳之助は畏れ入った体で張ったが、丁と張れば丁、半と張れば半が出る。

――そうか、千秋だな。

ふっと千秋の顔を見ると、口許に笑みを浮かべている。

千秋は壺の中の賽《さい》の目を随意に出せるらしい。

まさか、いくら〝将軍家影武芸指南役〟の娘に生まれ、あらゆる武芸の他にも歌舞音曲の類にも通じている千秋とて、こんな芸当まで出来るとは思えなかったが、やはり彼女の仕業のようである。

恋する旦那様が張る目に、彼女は賽の目を合わせ続けるのだ。

「ははは、こんなに付くと、運をそっくり持っていかれるようで恐い。ここらでお暇《いとま》いたします。どうぞ、これで一杯やっておくんなさいまし」

さすがに柳之助も決まりが悪くなり、少し勝ったところで早々に盆から抜け、過分な祝儀を置いて出た。

もう少し賭場の内を探りたかったが、千秋がいるなら用はない。

「ちょいと外の風に当らせてもらいますよ」

その夜は何やら蒸し暑く、千秋に汗をかかされた柳之助は、賭場のある御長屋を出て、庭の隅で煙管《きせる》を使った。

確かに、必要に応じて千秋の招集があると思ってはいた。

しかし武芸抜群の妻を得たからといって、妻までが隠密廻りを拝命したわけではない。

初めのうちは、遠慮気味に千秋の出動を命じていた、奉行・筒井和泉守も、近頃では当り前のように、潜入の人頭に千秋を入れている。

——喉許過ぎれば何とやらだ。

ぼやきはしても、柳之助にとって千秋は誰よりも頼りになる。

十七の時に参加した隠密策戦で、塀と塀の隙間に挟まり、危うく命を落しそうになったという苦い思い出を引きずり、千秋は出役の度にほっそりと体を整える。

ぽっちゃりとふくよかな妻が好きである柳之助は、それが何とも物足りなくて哀《かな》しいのであるが、

——またこうして夫婦でお上のために働けることを喜ばねばなるまい。

と、得心していた。

——それにしても、女だてらに賭場の壺振りに扮するとは、奉行所もよくさせてく

れたものだ。

それでも、どうももやもやとする。

妖艶な千秋の姿を見てしまった以上は、二人だけで語らいたくなる。

三喜右衛門一家に潜入してから、まだ半月にもならないが、千秋と会えなくなって久しい。

とはいえ、目と目で互いの想いを伝え合えたのだ。今日はよしとしよう。

まず心を静めようと考えていると、

「ちょいとそこを通しておくんなさいな」

という、はきはきとした女の声が聞こえてきた。

それは正しく千秋の声である。

柳之助が外へ出たのを見はからって、千秋も壺振りを代わってもらって、恋しい旦那とすれ違いに言葉を交わそうと思ったようだ。

声のする方を見ると、御長屋の角で千秋は二人の男に行手を阻まれ、苛々《いらいら》とした顔でいた。

妖艶な女壺振りである。すぐに贔屓が出来て、その連中が千秋を我がものにせんとあとを追いかけて絡んできたようだ。

恋女房の危機とばかりに助けに入ってもよかったが、久しぶりに千秋の怒った顔が見たくて、そっと様子を窺った。

「ちょいと、あたしはお前さん達のお酒に付合うつもりはありませんから、そこをのいておくんなさい」

「まあまあ姐さん、ちょいとくれえ客にやさしくしても罰は当らねえよ」

男の一人がへらへらと笑いながら言った。

「あたしは音羽の元締のお身内から呼んでもらっている壺振りなんですよ」

「それがどうしたってえんだよ」

もう一人が凄んでみせた。

「あたしに手出しをして、そのままですむと思っているのかい」

「江戸にいられなくなるってか？」

「おれ達は、明日旅に出るのさ。だから気遣いは要らねえよ……」

二人は、なめるように千秋を見て、近寄ってきたが、その刹那《せつな》、二人仲よくその場に踞《うずくま》っていた。

電光石火の早業で、千秋が二人の鳩尾《みぞおち》に拳《こぶし》を突き入れたのだ。

「なめるんじゃあないよ。あたしゃあ〝九尾《きゅうび》のお春《はる》〟と人に呼ばれる、ちょいとおっかない女なのさ。手前で歩けるうちにとっとと帰んな。下手をすりゃあ、二度とこの御屋敷の外へは出て行けないよ」

千秋は低い声で啖呵《たんか》を切った。

踞っているだけなら、酒に酔ったと言い訳もできる。

騒ぎにしない、千秋らしい気遣いなのであろう。

そして、男二人には一顧だにせず、千秋はそっと庭の隅から顔を覗かせる柳之助を見つけ、小走りに寄って来た。

あっという間に二人の男を倒したお姉様《あねえさま》が、柳之助の顔を見た途端、少女のような無垢《むく》な表情となり、恥じらいを浮かべる。

——ああ、千秋だ。

柳之助の顔も綻《ほころ》んだ。

いきなり睦言《むつごと》を交わしたかったが、互いに隠密の仕事中である。

「こいつは九尾のお春姐さんでございやしたか。お見それいたしやした」

柳之助は含み笑いで声をかけた。

千秋もニヤリと笑って、

「そういうお前は、遊び人の隆さんという噂の兄《あに》さんで……」

と返した。

そういう二人だけの秘めごとを茶化して話すのが、童心に戻ったようで楽しかった。

「壺振りとは、また意表を突かれたよ」

「一度やってみたくてね」

「姐さんが望んだので？」

「あい」

「よく雇ってもらったもんだ」

「前から女の壺振りを探していたというので、弥助《やすけ》さんをお訪ねしてねえ……」

千秋はまたニヤリと笑った。

奉行所の方で、どこからか紹介してくれるところを探し、礼蔵の下で賭場の仕切りをしている矢場の弥助を訪ねて、上手く潜り込んだのであろう。

そこまで語らずとも、柳之助はこれまでの潜入でそれがわかる。

「姐さんは、今の暮らしを楽しんでいなさるようだ」

「お蔭さまで……」

柳之助は失笑した。

自分より千秋の方が伸び伸びと隠密廻りの務めをこなしているのが嬉しくもあり、

健気《けなげ》でもあり、少しばかり癪《しゃく》であったのだ。

「元締は、相変わらずおりんさんと仲睦じく？」

「ああ、あれじゃあ、苦しい想いをして、縄張りを守って仕切ることなど、嫌になっちまうだろうねえ」

「あたしも兄さんも、苦しい想いをしながら、そこに楽しみを見つける暮らしが続きそうだ」

千秋はにっこりと笑った。

「姐さんは、六十の男と夫婦になれるかい？」

「歳で男に惚《ほ》れるんじゃあないよ」

柳之助は、抱き締めたい衝動を抑えて、

「さてと、もう少し遊んでいくとするか……」

「あたしも仕事に戻りますよ」

千秋も同じ想いなのであろう。振り切るように踵《きびす》を返した。

先ほど痛い目に遭った二人組が、千秋の姿を認めて、よろよろと立ち上がって逃げ出した。

あの二人は、三喜右衛門一家の客ではなかろう。

藍太郎が連れてきた、ろくでもない者に違いない。

場所を貸すのは経堂甚之丞である。

甚之丞が望めば、賭場に客として迎えもするが、

「賭場の格に合った、まともなお客だけにしてくだせえ」

と、三喜右衛門との取り決めがあるという。

「おれ達は、明日旅に出るのさ……」

と言っていたあの二人は、何かやらかして江戸にいられなくなった類の破落戸なのであろう。

そんなおかしな客を潜り込ませるとは、やはり藍太郎は増長している。

それから考えても、三喜右衛門が身を引くという噂は、少なからず縄張り内で新たな欲望の芽を育んでいるように思える。

——そんなことくらいわからぬような元締でもあるまいに。

柳之助は、軽はずみな言動を繰り返す三喜右衛門の真意を計りかねていた。

賭場に展開する人々の剝《む》き出しの欲望と熱情。

これを眺めていると胸がいっぱいになり、息苦しくなる。

こんなところがどうなろうが、もうおれの知ったことか、おれは恋女房と平穏な

日々を過ごすのだ――。

老境にあって、ときめきを取り戻した三喜右衛門の想いは、恋女房がいる柳之助にはよくわかる。

――さて、この先何が起きるやら。

大きな胸騒ぎを覚えつつ、柳之助は遠ざかる千秋の後ろ姿に、

「千秋と二人でのんびりと暮らしてえ……」

三喜右衛門の口癖を真似て、ぽつりと言った。

第二章　ふたり

（一）

「ああ、おりんと二人で、のんびりと暮らしてえ」

音羽《おとわ》の元締・三喜右衛門《みきえもん》の口癖は、今日も遊び人の隆三郎《りゅうざぶろう》こと、芦川柳之助《あしかわりゅうのすけ》相手に放たれていた。

「ははは、すまないねえ。身内の前でこれを言うと、嫌な顔をされるので、つい隆さんに言っちまう……」

賭場《どば》で遊ばせてもらった翌朝。柳之助が改めてその礼を言いに三喜右衛門の許《もと》を訪ねたところ、おりんは料理屋に出ていて、見事に捕まったというところであった。

「いえ、あっしを見込んで言ってくださるなら、これほどのことはございません」

柳之助は畏《かしこ》まってみせた。

賭場について思ったこと、気になったことは昨夜のうちに酒屋の礼蔵《れいぞう》に報《しら》せてあった。

礼蔵は、隆三郎の目から見ても、中間《ちゆうげん》の藍太郎《あいたろう》が恰好《かつこう》をつけていて、鬼松《おにまつ》こと松三《まつぞう》が横で睨《にら》みを利かしていたと聞き、

「やはりそうかい……」

と不快な表情となった。

そんなことはあったものの、賭場は余所《よそ》では見たことがないほどきれいで、楽しく遊ばせてもらったと礼を言うと、

「そいつはよかった。また、何かの折は頼むよ」

と、礼蔵は幾分表情を和らげたが、すぐにまた恐《こわ》い顔で思い入れをしたので、千秋《ちあき》が扮《ふん》する九尾《きゆうび》のお春《はる》については話す間もなく、その場から下がった。

それでも、柳之助の報告は、礼蔵から女房のお豊《とよ》に伝わり、その夜のうちに三喜右衛門の耳には入っていたはずだが、彼は柳之助に会っても細かいことについては特に

訊《たず》ねず、

「勝負には勝ったかい？」

とだけ、問うた。

「へい、気持ちよく遊ばせてもらいまして、十両ばかり勝たせていただきやした。頂戴した十両と合わせて二十両。こいつは何かでお返しいたします」

柳之助がそのように応えると、

「ははは、隆さんはおもしれえなあ。だからあれこれとくだらねえ話を聞いてもらいたくなるのさ」

三喜右衛門は楽しそうに笑った。

「勝った金で、また遊んでくれたらありがてえや」

「そんなら今度は、気持ちよく負けさせていただきます」

「わざわざ負けることはねえよ」

「立派な賭場ですが、仕切るのはさぞかし大変なのでしょうねえ」

「ああ、まったく面倒だ。まっとうな正業に就けねえ者のために開いているようなもんだ。誰かに代わってもらいてえよ」

「元締だからこそ、賭場も安泰なんでしょうよ」

「だが、おれもいつまでも生きちゃあいねえ。近頃じゃあ、礼蔵もお豊もくたびれてきやがった」

「そうですかい……？」

「いっそのこと、お上が仕切ってくれたら好《い》いんだが」

「お上が、賭場を……？」

「どうせ、博奕《ばくち》は世の中から消えてなくならねえ。それなのに、やっちゃあいけねえというから隠れてするようになる。だからやくざ者が幅を利かすようになるのさ」

「そいつは確かに……」

「お上が仕切っていると思えば、行く方も安心だ。負けが込んでいるのに金を借りて博奕をするような野郎は、その場でとっ捕まえて、五十叩《たた》きくれえにしてやれば好い。賭場によって掛け金の額を決めれば、誰もが身の丈に合った博奕を楽しめるってもんだ」

　そう言われてみれば、確かにそうかもしれない。

　奉行所に勤める柳之助は取締まる立場だが、立前とは裏腹に、博奕がなくなる世は訪れないと考えてもいる。

　かといって、お上が賭場を仕切るという考えは浮かばなかった。

「岡場所だってそうだ。吉原《よしわら》だけじゃあ、江戸にいる男の相手はしきれねえ。銭もなく、女房ももらえねえ男は、一生女の肌身に触れられねえかもしれねえんだ。だから岡場所がなけりゃあ、女に飢えた男共は暴れて女を手ごめにするかもしれねえ。女に縁のねえ男にとっちゃあ、遊女や夜鷹《よたか》は観音菩薩《かんのんぼさつ》だ。それを隠《かく》し売女《ばいた》なんてお上は呼びやがる。そんなことを言ってねえで、苦界《くがい》に沈む女が酷《ひで》えめに遭わずにすむように、こっちもお上が一切を仕切ってくれたら好いんだよ」

三喜右衛門は言葉に力を込めた。

「そうなりゃあ、お役人も楽になりますかねえ……」

「博奕と女を押さえりゃあ、お上にもその上がりが入るわけだから、お役人の数を増やせば好い」

「そうなりゃあ楽になりますねえ」

「御直参の次男坊、三男坊、禄《ろく》に逸《はぐ》れた浪人。こんな旦那方にお役を付けてあげたら喜ぶんじゃあねえのかい」

「賭場廻《まわ》り同心、廓廻《くるわ》り同心……。なんてところですか」

「ますます好いじゃあねえか。そうすりゃあ、おれは、裏稼業から身を引くことができる。それからはおりんと小さな料理屋でも開いて、のんびりと二人で暮らせるってものさ」

　そして、三喜右衛門の話はそこへ戻っていく。

「でも、そいつはなかなか難しゅうございますねえ」

「ああ、こんな話をお上にしたら、叱られるのが好いところだ。どうしてだと思う」

「そりゃあ、何でございましょう。お武家は気位が高うございますから、博奕や女で稼いだ金で政《まつりごと》をするなどあってはならないと、心に決めているのでしょうねえ」

「なるほど、世の中からなくならねえからといって、許していては人に道は説けねえ、てことか」

「こいつは、口はばってえことを申しました……」

「いや、隆さんの言う通りだ。だが、お武家も町の衆も同じ人間だ。もう少し頭を柔かくしねえと、お武家の天下もそのうち終っちまうぜ」

　柳之助は、にこやかに頭を下げてみせた。

　隠密《おんみつ》で遊び人に化けているとはいえ、将軍家の禄を食《は》む身としては、

「はい。左様でございますねえ」

　とは言えなかったのだ。

　三喜右衛門はいたって上機嫌で、

「隆さん。お前はおかしな男だねえ。こんな与太話にも話を合わせてくれるのは大したもんだ。お前と話していると楽しいぜ」

「とんでもねえ……。思いつくまま、でたらめを言っているだけでございます」

柳之助は恐縮しながら、冷たい汗が体中に出るのを覚えた。

三喜右衛門の話がおもしろくて、つい自分の意見を述べたが、彼が話したのは芦川柳之助が頭に描いたことで、遊び人の隆三郎が発した言葉ではなかった。

にこやかな三喜右衛門であるが、柳之助の正体に気付いたのではないか。

ふっとそんな不安が頭を過《よぎ》ったのだ。

しかし、それを取り繕う間もなく、

「隆さん、お前は女房とは別れたと言っていたが、もう女はこりごりかい？」

三喜右衛門は新たな話を始めた。

「いえ、こりごりなんてことはございません。ここでご厄介になってから、あっしも女に惚《ほ》れてみたくなりました……」

「ははは、おれの惚気《のろけ》を聞かされて、そんな気分になったかい？」

「へい、そういう気持ちを持つことも、男にとっちゃあ大事なことだと思い知らされましてございます」

「そうかい、そいつはいいや。おれが惚気を言うばかりじゃあ気が引ける。隆さんの惚気も聞いてみてえもんだねえ」

「畏れ入ります」

「誰か好いのが、いるんじゃあねえのかい？」

三喜右衛門は、おりんによって色恋の妙に目覚めたのであろうか。こういう話になると、生き生きとしてくる。

問われて、柳之助は余計な話をしたと思ったが、

——いや、こいつは好機到来だ。

と、考え直して、

「お恥ずかしい話でございますが、実は、一目惚れをした女がおりまして……」

頭を掻《か》きながら言った。ある企《たくら》みが浮かんだのだ。

「隆さんも隅に置けねえなあ」

たちまち三喜右衛門の表情が華やいだ。

「いつ、一目惚れしたんだい？」

「それが、昨日のことでして……」

「昨日？　まさか賭場で？」

「へい……。九尾のお春という壺振《つぼふ》りの姐《ねえ》さんに、心を奪われちまいました」

「女壺振り……？　ああ、経堂《きょうどう》屋敷の賭場に近頃雇ったと聞いたが……。ほう、そんなに好い女なのかい？」

「艶《あで》やかで、やさしげで、その上に気風《きっぷ》がよくて腕も立って……。絡んできた男二人を、あっという間の早業で叩き伏せる……。天女を見たような気がいたしやした」

「そうかいそうかい。で、言葉は交わしたのかい」

「へい、二言三言」

「どうだった？」

「己惚《うぬぼ》れかもしれやせんが、姐さんもあっしを気に入ってくれたような……」

「手応えがあったかい」

「ございました」

相手は千秋である。まさかふられることはなかろう。

三喜右衛門に仲を認めてもらえれば、この先千秋を傍近《そば》くに置き易《やす》くなる。潜入するには何よりも心強いではないか。

「うんうん、隆さんは女にもてる男だ。きっと向こうも一目惚れをしたのに違いない。はははは、こいつはおもしろくなってきたぜ」

何よりも三喜右衛門が喜んでくれたのがありがたかった。

柳之助自身も、相手が千秋であるのに、何やら生まれ変わって再び恋をするようなときめきを覚えてきた。

ちょうどそこへ、料理屋〝駒井《こまい》〟の方からおりんが戻ってきて、

「あら、何やら楽しそうですねえ」

と、話し込む二人の傍へやって来た。

おりんが会話に加わると、ますます浮かれてくる。

「おりん、それがめでてえ話なのさ……」

それから三喜右衛門は、恋女房・おりんと、隆三郎の一目惚れについて、大いに話を弾ませたものだ。

それに楽しそうに付合うおりんを見ていると、この年の差夫婦をのんびりと暮らせるよう手助けしたいという気持ちになってくる。

しかしその反面、三喜右衛門は周囲の目を欺くために、若い女房にぞっこんという様子を見せているのではないかと疑う気持ちもある。

元締が時折見せる、えも言われぬほどの気迫と凄《すご》みを間近で覚え、柳之助は隠密として自分が置かれた状況の複雑さに、気を引き締めるのであった。

（二）

酒屋には、御用聞きの大塚《おおつか》の房五郎《ふさごろう》が、相変わらず足繁《あししげ》く訪ねてきていた。礼蔵は、房五郎との話には他者を入れず、店の奥の一間で密談をすることにしている。

この日は昼になって女房のお豊から、

「賭場の壺振りに、好い女がいるそうじゃあないか」

と、遊び人の隆三郎が、九尾のお春に一目惚れをした話を聞いて、久し振りに腹の底から笑えた。

三喜右衛門一家の賭場廻りは、昨夜柳之助を賭場に案内した平吉《へいきち》と、矢場を預る弥《や》助《すけ》が仕切っている。

礼蔵は、弥助の矢場に寄宿して、壺振りを務めるお春に一度会っていた。

「この姐さんが壺を振れば、きっと客が喜びますぜ」

と弥助が言うので、矢場へ出向いて壺振りの腕を確かめた上で、

「掃溜《はきだ》めに鶴《つる》ってえのは、姐さんのためにあるような言葉だな。よろしく頼んだよ」

期待の声をかけていた。

弥助には、

「男が寄ってくるだろうが、あの姐さんなら上手《うま》く切り抜けてくれるだろうよ」

と告げていた。

それが、他ならぬ隆三郎が賭場の様子を見に行って、一目惚れをしたというのだから、礼蔵はおかしくてならなかったのだ。

「壺振りの姐さんも、万更《まんざら》ではなかったというから、ちょいとお節介を焼いてみたくなるじゃあないか」

お豊は、三喜右衛門の話に乗せられたようで、悪戯《いたずら》っぽく笑ったものだ。

こういうところ、さすがに兄妹《きょうだい》である。おもしろがるツボがよく似ている。

「壺振りの姐さんの人気も上々、隆さんは頼りになる……。二人を引き留めるには、好い出会いだったのかもしれないよ」

そして、おもしろがりながらも、抜け目なく物ごとを考えるのも、兄譲りであろうか。

「なるほど、お前の言う通りだな。どうすれば好い？」

礼蔵はそういうお豊がかわいくもあり、溢《あふ》れんばかりの才気を頼りにもしているので、こんな時は素直に意見を求める。

「隆さんは、二言三言話したそうだけど、ここに身を寄せているとは、話しそびれたらしいよ」

「そんなら、知らぬ顔をして飯でもどうだと料理屋へ呼んでやるか」

「そこで隆さんと、ばったり会ったように……。好いじゃあないか」

そんな風に夫婦の話がまとまり、息子の千三《せんぞう》を、九尾のお春が寄宿している弥助の矢場へ行かせたところに、今日も房五郎が訪ねてきた。

「礼さん、経堂の殿様には、気を付けた方が好いかもしれねえなあ」

房五郎は、早速あれからの調べの成果を披露し始めた。

経堂の殿様というのは、経堂屋敷の主《あるじ》である旗本・経堂甚之丞《じんのじょう》である。

「殿様が何か企んでいるのかい?」

礼蔵は、お豊と話していた時と打って変わって渋い表情となった。

「企んでいるというより、真っとうな生き方に目覚めたということかもしれないねえ」

「何でえそりゃあ」

「このところ、偉《えれ》えお武家様方に愛想をしているようなんだよ」

「偉えお武家様？　今さらながら出世してえと思い始めたってことかい」

「そのようだ。千石取りの旗本となりゃあ、御先手頭《おさきてがしら》から火付盗賊改《ひつけとうぞくあらため》、そこで手柄を立てりゃあ、町奉行になるのも夢じゃあねえ」

「まともな千石取りの殿様ならな……」

礼蔵は舌打ちした。

そもそも町場で直参の身を誇り、乱暴狼藉《ろうぜき》を繰り返し、茶屋の付けを踏み倒すという悪行を重ねた甚之丞である。助けを求める町の衆が続出した。

「こうなったらお上に手を回し、お目付役に裁いていただくしかありやせんねえ」

そうして猫の首に鈴を付けたのが、三喜右衛門であった。

「さて、三喜右衛門は、酒に酔い潰れた甚之丞の座敷に乗り込むと目付の名をちらつかせ、千石の御旗本と差し違えるというならあっしも本望だ。出るところへ出るつもりなので覚悟しなせえ」

諫《いさ》めつつ、体を張って恫喝《どうかつ》した。

甚之丞も三喜右衛門の実力はよくわかっていた。

「そう怒るな……」

いつもの勢いはたちまちしぼみ、

「おれもまだ腹は切りとうない」

と、三喜右衛門の諫言《かんげん》を聞いた。

そこですかさず三喜右衛門は、

「殿様方が色々と大変なのは承知いたしております。よろしければ余禄が入るよう、お手伝いをいたしやしょう」

屋敷の一部を賭場として提供してもらえたら、月々それなりの謝礼をすると持ちかけたのだ。

それまでは、方々で処《ところ》を変えて賭場を開いていた三喜右衛門一家であった。

旗本屋敷を使えば、町方役人の取締りから逃れられるのはわかっていたが、

「おれはどうも、旗本、御家人といった侍は信用がならねえんだ」

と言って付合いを控えてきたからだ。

しかし、経堂甚之丞を大人しくさせるには裏稼業で繋《つな》がり、金の力で黙らせるしかないと判断したのである。

いささか自棄《やけ》になっていた甚之丞はこの話に乗った。

甚之丞の生母の実家である八百石取りの茗楽家《めいらく》、三百石取りの分家の三ヶ所を借り受けたいと、三喜右衛門は交渉した。

他家を巻き込むことになるが、どの家も財政が逼迫《ひっぱく》しているので、容易《たやす》く了承するであろう。そうなれば甚之丞の他家への力が強くなるはずだ。

甚之丞はそのように三喜右衛門の申し出を受け止め、二家を引き込んだ。

すると思った以上に、二家は喜んで甚之丞の誘いに乗り、話はまとまった。

この二家にとって、甚之丞の存在は迷惑の種であったが、同じ迷惑を被《こうむ》るのなら、金が入ってくるほうがよかった。

御多分に洩《も》れず、両家とも台所事情が悪く、背に腹は代えられない状態であった。

さらに、仕切りを音羽の三喜右衛門がすると聞いて、安心を得たのだ。

三喜右衛門の声望は、それほどまでに高かったのである。

以後、経堂甚之丞の乱行はなくなった。

金が入れば飲み代、遊興費を踏み倒す必要もない。

金さえ払えば〝殿様〟と立ててくれる。暴れることもないのだ。

その頃に、甚之丞に引っ付いておこぼれに与《あずか》っていたのが、中間の藍太郎であった。

そもそもは渡り奉公で、遊里、盛り場に詳しかったので、甚之丞が便利使いをしていた。

旗本三家は、中間部屋を三喜右衛門一家に提供し、時に客の出入りの整理を手伝うのが取り決めで、この辺りの事情をよく知る藍太郎は、ここでも重宝されたのであった。

以来、五年以上が経《た》つ。甚之丞も藍太郎も、黙って三喜右衛門一家の言う通りにして、余禄に与ってきたのだが、

「そろそろ慣れて図に乗ってきやがった」

当時をよく知る礼蔵は、少し目を離した隙に増長してきた〝殿様と奴《やっこ》〟を苦々しく見ていた。

近頃は、賭場に顔も見せず、藍太郎に任せきりの甚之丞であるが、

「殿様は下手《へた》に出てこねえで、知らぬ顔をしていれば好いのさ」

と思っていた。

それが、房五郎の話によると、己が出世に色気を見せて何やら運動をしているという。

「誰にもらった金で、そんなことをしてやがるんだ」

渡した金ゆえ、何に使おうと構わない。

だが、賭場の貸し賃を貯《た》めて、今こそそれを軍資金にして世に出ようというような男ではない。

役を得るための付け届けとなれば、千石取りの旗本に見合う役であるから、相応の金が要るはずだ。

何か新たな儲《もう》け口を見つけているのかもしれない。

そして、それはろくでもないものに決まっている。

ちょうど、三喜右衛門が若い女房をもらって、元締から身を引くのではないかという噂《うわさ》が、少しずつ広がり始めた時機に、そんな動きを見せているのはどうも解せない。

「殿様は、元締が身を引けば、賭場を手前が直《じか》に仕切ってやろうと考えているのかもしれねえな」

礼蔵には、そう思えてならなかった。

「十分に考えられるねえ。藍太郎にはできねえだろうから、松三に一家を持たせて仕切らせようという魂胆かもしれねえ……」

房五郎は想《おも》いを馳《は》せる。

「なるほど、松三に一家を持たせて仕切らせる……。てえことは、おれ達と一戦交じえるつもりだな」

「さあ、そこまで性根《しょうね》が据わっているかどうかは知らねえが、裏稼業の変わり目には、荒っぽいことが起きるもんだ」

「くるなら受けて立ってやるぜ」

「元締はどう思っていなさるんだろうな」

「一家を構えたけりゃあ勝手に構えるが好い。だが、縄張りを荒らすような真似《まね》をすれば、ただじゃあおかねえ……。そう言いなさると知れているさ」

「そうだろうな。とにかく、気をつけた方が好い」

房五郎はそう言い置くと、帰っていった。

礼蔵は苛立《いらだ》ちを隠せなかったが、そこへ千三がやって来て、

「壺振りの姐さんを料理屋に案内したよ」

と告げた。

礼蔵は好い気晴らしだと表情を和らげた。

（三）

それから一刻《いっとき》の後。

遊び人の隆三郎こと芦川柳之助と、九尾のお春こと千秋は、桜木町《さくらぎちょう》の料理屋〝駒井〟を出て、仲よく二人で経堂屋敷へ向かっていた。

ていよ。「賭場の評判も上々で、ちょいと一杯付合ってもらいてえと、元締が誘ってくださっているんだ」

矢場で弥助からそう告げられて、千秋はひとまず自分の壺振りが受け容《い》れられたと知り、ほっと一息ついた。

柳之助からは、三喜右衛門という元締は大した人だと聞いていたので、楽しみでもあった。

何よりも、付合う場所が〝駒井〟という料理屋なのがよい。

そこには柳之助が居候をしているので、すれ違うこともあるかもしれない。

そう思って、千三に案内されて行ってみると〝駒井〟の座敷には、三喜右衛門だけではなく、若女房のおりん、料理屋の女将《おかみ》であるお豊、その亭主礼蔵が勢揃《せいぞろ》いで迎えてくれた。

さらに、驚いたことに、そこには遊び人の隆三郎こと柳之助がいた。

これは隠密夫婦の予想外の出会いであった。

柳之助にしてみても、壺振りの姐さんに一目惚れをしたと三喜右衛門に言ったものの、こんなに早く引き合わされるとは思ってもみなかった。

激しく惚れ合い、互いの身分の垣根を乗り越えて夫婦となった、千秋と柳之助である。

柳之助からはまだ何も知らされていなかっただけに、千秋の顔がほっと赤らんだ。

実に自然な表情の変化に、三喜右衛門達は千秋の顔を一目見て、

――壺振りの姐さんは、隆さんに気がある。

と確信したものだ。

そこからは、二組の夫婦が隆三郎とお春の間が縮まるようにと、随分世話を焼いてくれた。

縮まるも何も、これ以上縮まりようのない千秋と柳之助の仲なのだ。

そして互いに、出会ったばかりの頃の浮き浮きとした気持ちに戻って、遊び人と壺振りを演じつつ心を通わす、実に楽しいひと時が過ぎていった。

三喜右衛門が、お春には何も告げずに、隆三郎と一杯やっているところに呼んでくれたことは、柳之助にはわかっている。

わかっているだけに照れてしまって、かえって喋《しゃべ》りにくかったが、そのたどたどしさが、三喜右衛門達にはおもしろかったようだ。

若女房のおりんは、千秋とさほど歳《とし》が変わらないので、特に楽しかったらしい。

九尾のお春という、妲己《だっき》の姐さんが乙女のような恥じらいを浮かべる様子は、見て

いて頬笑《ほほえ》ましかった。

「隆さんと姐さんは、気が合うみてえだな。おれがいると話もしにくいだろうから、ひとまず宴《うたげ》はお開きにして、ここから先は二人で一杯やって話せば好いや」

三喜右衛門は嬉《うれ》しそうに言い置くと、二人を置いて出て行った。

おりん、お豊、礼蔵も、仕事に戻っていった。

そして、柳之助と千秋が残されたわけだが、今さら気が合うから二人で話せと言われてもここには夫婦で遊びに来ているわけではない。

二人共に隠密として三喜右衛門一家の懐《ふところ》に潜入して、不穏な動きを見つけて報告する義務があるのだ。

それなのに、肝心の三喜右衛門一家の連中から離れて、二人だけで一杯やってはいられない。

とはいえ、そうして隆三郎とお春として、三喜右衛門達に気に入られることも、また務めである。

二人は笑いを堪《こら》えながら、

「姐さんもこれから壺を振らねえといけねえから、酒などゆっくり飲んでいられねえや」

「ふふふ、手元が狂ったら叱られるねえ」

こんな会話をした後、二人で座敷を出たのである。

仕事には真面目な姐さんと隆さんは、ますますお豊の気に入るところとなる。

「そうでしたねえ。お春さんもこれから務めがあるから、呑気《のんき》に飲んではいられないんだ。そんなら隆さん、姐さんと賭場に行っておくれな。やどが今日も隆さんに賭場を見廻ってもらいたいと言ってましたからね」

礼蔵からは何も聞いていなかったが、当意即妙に物を言えるのがお豊である。

お蔭《かげ》で二人は、役儀を務めながら二人の時を過ごせた。

賭場への道中ならば、その間は素に戻って話すことが出来る。

「世の中はどうなっているのでしょう」

千秋は料理屋を出て、開口一番言った。

「元締の一家の人達は、好い人ばかりで困ります」

「騙《だま》すのが嫌になるだろう」

「はい。真っとうに暮らしていると、胸を張って言える人の方が、意地悪なことがあります」

「まあ、そんなもんだ。おれ達は御定法《ごじょうほう》を守るために暮らしているが、御定法に触れずに生きている者の方が、御定法の外で生きている者より、嫌な奴《やつ》が多いってもんさ」

「わたしは、何が何やらわからなくなってきました」

「わからないのが世の中さ」

「隠密廻りのお務めは、難しゅうございますねえ」

「千秋は自分が思ったことを大事に、務めてくれたらよいのだ」

「わたしの判断がいつも正しいとは思われませんが……」

「千秋が思ったことはいつも正しいと、おれは信じているから、それでいいんだよ。人の妻をこんな風にこき使いながら、あれこれ文句を言うのは筋違いだよ」

きっぱりと言い切る柳之助を、千秋は眩《まぶ》しそうに見た。

絶えずこの夫は、妻を信じていてくれる。

その安心がなければ、夫婦で他人を欺いていられない。

「でも、あの元締がいなくなれば、たがが外れて大変なことになるでしょうねえ」

千秋は先ほど初めてゆったりと言葉を交わすことが出来た三喜右衛門に、想いを巡らせた。

「ああ、大変なことになるのは、三喜右衛門の元締もよくわかっているはずだが、何を考えているか、まったく読めない……」

柳之助と千秋は戸惑っていたが、恋仲になる二人を演ずることで、ひとまず怪しまれずに一緒にいられるようになった。

それが何よりの収獲である。

二人が賭場へ入り、千秋は壺振りを務め、柳之助は客分の扱いで、ぶらぶらと賭場での博奕を楽しみ、異変はないか目を光らせた。

隆三郎とお春は、恋を成就させることで、三喜右衛門一家の面々から大きな信用を得た。

そして、ついに三喜右衛門の狙いを知ることが出来たのである。

（四）

千秋は、幼い頃からあらゆる武芸を仕込まれ、歌舞音曲に通じ、この度のように賽《さい》の目を操ることも出来る。

だが、恐るべき技能は他にもある。

それは類い稀《まれ》なる聴覚の持ち主であるということだ。

目を閉じたまま動き回ることで、盲人並みの聴力を得られる者は多いが、千秋はそもそも耳がよく聞こえる体を持って生まれてきたといえる。

ゆえに、千秋の諜報《ちようほう》能力はずば抜けているのだ。

庭を愛《め》でていると見せかけ、その向こうで行われている密談を聞き取ったり、屋根裏では真上におらずとも下の話し声を聞き取れる能力があるわけだ。

この度の潜入でも、それをいかんなく発揮した。

遊び人隆三郎と九尾のお春の仲は、三喜右衛門、おりん夫婦、礼蔵、お豊夫婦のお節介で急接近することになった。

彼らのお節介はさらに進み、毎日中食《ちゆうじき》は二人で〝駒井〟の小座敷でとるように勧めてくれた。

これによって、柳之助は毎日一度は千秋と二人で、潜入についての成果を確かめることが出来るようになった。

そして、〝駒井〟では時として、三喜右衛門一家の密議が行われることがある。

三喜右衛門、礼蔵、お豊、弥助、平吉による傍《はた》から見ても緊張が漂う会談が行われたその日。柳之助と千秋は、仲よく昼餉《ひるげ》の最中であった。

しかし、二人共〝駒井〟に走る緊張を五感で察知していた。

三喜右衛門の信用を得た隆三郎であるが、さすがに込み入った話は聞かせてはもらえない。

だが、主要人物が集まっての話が何を意味するのかは大凡《おおよそ》わかる。

恐らくは三喜右衛門の進退についての話し合いであろう。

千秋は食事を早々とすませ、柳之助と共に中庭へ出て植木を愛でた。

そこから三喜右衛門達が集まる部屋は、五間ばかり離れたところにある。

二人で身を屈《かが》めて五月躑躅《つつじ》の花を眺めている様子は、仲のよさが伝わってきて、立ち寄りにくい風情を醸す。

二人を一間に押し籠めておいて、密議といきたかった三喜右衛門には誤算であったかもしれないが、二人が密議の様子を窺《うかが》っているとは誰も思うまい。

千秋はじっと耳をこらした。

柳之助の耳にも、ぼそぼそと何かを話す声は聞こえるが、その詳しい内容までは、まったくわからない。

しかし、千秋にはそれがわかるらしい。

三喜右衛門は柳之助の予想通り、縄張りを誰に譲るかの話をしていたのだ。

「おれの本心では、礼蔵がお豊と千三と力を合わせて仕切るのが好いと思っていたし、身内の者もそれが何よりだと言ってくれるだろう。だが、礼蔵はおれが身を引くなら、自分も裏の仕事からは手を引くという……」

三喜右衛門はまず、これまでの話を確かめると、

「元締、買い被《かぶ》ってもらっちゃあ困りますぜ。いくらお豊が傍に付いていてくれたとしても、あっしには、元締の跡を継げるだけの器量はございませんや。それに、元締が引く時は手前もただの酒屋のおやじに戻ろうと、心に決めておりやした」

礼蔵が恭《うやうや》しく応えると、

「あたしも同じ想いですよ」

お豊も傍で相槌《あいづち》を打った。

弥助と平吉は黙って聞いていたが、

「あっしも、礼蔵兄ィと同じ想いですが、これまで通り縄張りの仕切りを、新しい元締の下で務めろと言われたら、乾分《こぶん》達のために従うしかありません……」

やがて弥助が哀《かな》しそうに言った。

三喜右衛門は、自分と妹夫婦が裏の仕事から身を引いたとしても、そこで暮らしている者達の立場は守ってやらねばならないと考えているのだ。

「とは申しましても、元締、それは新しい元締によりけりだと、あっしは考えており

やす」

平吉が続けて言った。

三喜右衛門は何度も頷《うなず》いてみせた。

「お前達の気持ちもよくわかる。おれが望む跡継ぎは、今の仕組みをそっくりそのまま受け継いでくれて、頼りになる男でなけりゃあいけねえと思っているんだ」

「だが兄さん、そんな人がいるんですかねえ……?」

お豊は心配でならなかった。

裏稼業で身を張るとなれば、元締のためならば命を惜しまぬという覚悟がいる。

その覚悟を保つには、元締はそれだけの人徳を持っていなければならないのだ。

だがうらを返せば、それは元締のためなら死も厭《いと》わないという、古い渡世人の考え方によるものである。

自分が元締から身を引いた後は、弥助も平吉も、今の自分の務めを黙々とこなしていれば、それだけで暮らしが成り立つようにしてやりたい。

というのが三喜右衛門の想いなのだ。

つまり請け負いで、それぞれが分担して裏の仕事を行い、堅苦しい親分乾分の関《かかわ》りから解き放ってやった上で、新たな元締の下で日々を暮らさせてやりたいということだ。

　そのためには初めに、きっちりと約定《やくじょう》を取り決め、金で割り切るようにするのがよかろう。

　額も無理のないように取り決め、互いに違約があれば、いつでも請け負いを取り消せるようにする。

　新たな元締は、ただ任せ切りではなく、たとえば賭場なら外敵の侵入、介入がないように努め、収益が上がるよう策を練るのが本分だ。

　賭場の上がりがそれなりに増えれば、元締の取り分が増える。

　互いに利をもって付合えば、好い間柄を維持出来るし、そこに自《おの》ずと、

「この元締のためならば……」

　という想いも生まれてくるはずだ。

　三喜右衛門が持論を述べると、

「兄さん、それじゃあますます誰に譲るかが難しくなりますよ」

　お豊は、理屈はわかるが、利をもって割り切り、利をもって縄張り内の安泰を築ける者などいるはずがないと、顔をしかめた。

「いや、心当りはあるよ」

三喜右衛門は、終始落ち着いている。

「そいつは誰です？」

礼蔵が問うた。

「久保町《くぼちょう》の塙政之助《はなわまさのすけ》さんだ……」

「塙政之助……。あの金貸しのご浪人ですかい？」

礼蔵は口をあんぐりと開いて、お豊を見た。

（五）

塙政之助は、護国寺《ごこくじ》の東、龍門寺《りゅうもんじ》門前にある久保町を住処《すみか》とする浪人である。

以前はいずれかの大名家に仕えていたというが、上役が公金に手を付けて、そのあおりを受けて、御家から放逐されたと、本人は語っている。

その理不尽に腹を立てた政之助は、致仕する直前に御家の為替《かわせ》の金を操作して、まんまと引き出すことに成功した。

もっとも、こんな話を政之助が人に語るわけがないので、想像の域を出ないのだが、政之助が座興に話したことが、いつしかそのような噂を呼んだのである。

しかし、そんな噂が立つことに納得がいくほど、政之助は理財に長《た》け、知識も豊富であった。

かつて仕えていた大名家を出る時に得た金を元手に、浪人となってからは金貸しや、相場に手を出し、大きな富を得た。

算術や算盤《そろばん》にも長けているが、剣術の方も甲源一刀流《こうげんいっとうりゅう》の遣《つか》い手である。

金貸しなどしていると、金を踏み倒したり、襲撃を企て、さらに金を奪い取らんとする酷《ひど》い者に出会うこともある。

ある時、腰に脇差《わきざし》だけを差して夜道を歩いていたところを、暴漢三人に斬りつけられたが、政之助は慌てず臆せず、抜いた脇差の刃をもって、三人の腕や足を斬り、たちまち動かれぬようにしてしまった。

たまさかそれを見ていた者は、

「あのお方は、日頃はおやさしそうですが、一旦怒ると正に鬼になりますよ」

と、戦《おのの》いたという。

その時はただ一人で返り討ちにしたのであるが、

「近頃は物騒で困りますな」

と言って、以来供を連れ歩くようにしたのである。

供は久万之助《くまのすけ》と長太郎《ちようたろう》という、いかにも屈強そうな二人だが、二人共武家崩れであるそうな。

「何でも己一人でするのではなく、儲かった金で人を雇えば、それだけ世の中の役に立つというものです」

浪人をして暮らしに困っていたという久万之助と長太郎であったが、政之助と剣術が同門で、二人共かなりの遣い手であった。

だが今の世にあって、剣術がいくら強くとも役に立たない。

武士の世は、宮仕えにおいても、剣術界においても、実力よりも世渡りや、駆け引きが大事になっている。

政之助は、武士に失望して、市井へ出て金儲けに精進《しようじん》したのだが、自分と同じ浪人の身で困窮する二人に声をかけると、二人は大いに喜んだという。

そして、自分達もまた武士の世に絶望を覚えたゆえ、この際武士は捨て、政之助を助けて生きていくと誓ったのだ。

未《いま》だ武士の名残をとどめる政之助である。さらに浪人者が二人で傍についているのも武骨過ぎる。

それゆえ日頃は町人風体で付き従い、羽織で背中の帯に差した一尺五寸の喧嘩煙管《けんかぎせる》を隠していた。

とはいえ、引き締まった体に鋭い眼光、隙のない身のこなしを見ると、ただ者でないことはよくわかる。

「わたしを襲ったら痛い目に遭うと、初めから見せておけば喧嘩にもならない。金儲けは穏やかにいたしたいものです。血を流しても誰が得をするわけではありませんからねえ」

というのが政之助の口癖である。

それでも、政之助が金貸しの道を生き抜くには、貸した相手との揉《も》めごとに止《とど》まらぬ苦労があった。

聡明《そうめい》で学才を備えた政之助は、貸すだけでなく、いかに稼いで自分に利息を付けて返してくれるかを問い、場合によっては教授してやる。

それが資金繰りに困っている小店主から大いに受け、政之助は金貸しの中でも群を抜く存在となった。

これを脅威と捉える高利貸《こうりかし》は多かった。

政之助の金利は、他所《よそ》の金貸しの利息を洗い、どこよりも少し低くしていたし、儲けの幅が大きな相手と薄利の相手では、利息の額を変えたりもした。

それゆえ、音羽、雑司《ぞうし》ヶ谷《や》に止まらず、駒込《こまごめ》から小石川《こいしかわ》に至るまで、金に困ると政之助を頼る者が増え、高利貸連中は黙って見ていられなくなった。

そもそも高利貸などというものは、ろくでもない連中である。

借金取りにやくざ者や不良浪人を雇って、阿漕《あこぎ》な真似をすることも珍しくない。

その奴らが手を組んで、政之助に嫌がらせをしてきたのも一度や二度ではなかった。

しかし、塙政之助はその都度、敵を退けてきた。

その戦い方はというと、金には金で戦うと、高利貸達の客で、利息を返せず困っている者を突き止め、それに金を摑《つか》ませて遠くへ逃がしたりして、貸主に金が戻らないようにしてやったのだ。

金で生きる者に、金を流れなくする。

これが何よりも相手の力を弱めるのだ。

とどのつまり、政之助に刺客を向けようにも、腕利きを雇う金に困るようになる。

さらに政之助は、金をもらえず不満をくすぶらせている不良浪人や破落戸《ごろつき》に金を与え味方に引き入れた。

そして、相手が弱ってきたところへ、不法な利息で商いをする罪を詰《なじ》り、有無を言わさず証文を出させ燃やしてしまうのだ。

力攻めに転ずる時の政之助の勢いは凄《すさ》まじい。

「わたしは物の売り買いには、じっくり考えてしまう癖が、あるのだがねえ。売られた喧嘩はきっと買うのが、流儀でねえ」

と言うや、甲源一刀流の腕前を見せ、手にした棒切れで、相手が足腰たたなくなるくらいの凄まじさで殴り込むのだ。

立場の弱い借り手側の者達は、政之助に喝采を送った。

政之助は世間の人気を得て、叩けば埃《ほこり》の出る高利貸達を追い込んだのだ。

町方役人には鼻薬を嗅がせておいたので、召し捕られる者も続出した。

こうなると、

「塙政之助には手を出さねえことだ……」

というのが処の金貸し達の決まり文句となっていった。

齢《よわい》四十。酸いも甘いも噛《か》み分け、裏の顔と表の顔を使い分けることの出来る男なのだ。

三喜右衛門とは、互いの道楽である将棋仲間を通じて知り合った。

政之助は三喜右衛門が何者かはよくわかっていたし、初めて顔を合わせた時は、

「音羽の元締には前から一度会いたいと、思うておりました」

武士とはいえ、今は浪人で金貸しである。己が分をわきまえた殊勝な態度に、三喜右衛門は感じ入った。

「わたしも旦那の噂はお聞きしておりましたが、こんなに涼やかなお人とは思っておりませんで、こいつはおみそれいたしました」

彼もまた政之助を立てた。

塙政之助は、弁舌爽やかで、顔立ちも端整で、物腰も柔らかい。

互いに秘事を抱える身であるから、打ち解けて話すことはなかったものの、言葉の端々から相手の仕事の現況が窺われた。

将棋での対戦は三勝三敗で、

「次は負けられませぬな」

と、言い合っている。

対局から見えてくる相手の気性は、

「塙の旦那は、歳は随分とおれより下だが、なかなかにしたたかだ」

と、三喜右衛門は読んだ。

以来、塙政之助の動きを注視していた三喜右衛門であったが、自分が縄張りから手を引いた後は、彼に託すのがよいのではないかと考えるようになった。

縄張りを守り抜くにはそれなりの力が要るが、これまでの彼の戦いぶりを見ると、十分な力は備っている。

時に表と裏を使い分け、表では役人を使いこなすことも出来る。

一旦攻撃に転ずると苛烈をきわめるが、日頃は、

「金儲けは穏やかにいたしたいものです。血を流しても誰が得をするわけではありませんからねえ」

というのが口癖で、実際それを実践しているし、互いに理になる貸金を一義としてきた。

これは三喜右衛門が縄張りを治めてきた信条と同じであるし、政之助なら現状を保ちつつ尚《なお》、収益が上がる工夫をしてくれるであろう。

それが自分の利にも繋がるからだ。

つまり、三喜右衛門が理想とする、利をもって割り切り、利をもって縄張り内の安泰を築ける者は、

「塙政之助さんしかいねえと思うんだ」

となるのだ。

礼蔵、お豊、弥助、平吉は、三喜右衛門からこのように説かれると、何も言えなか

った。

中庭の五月躑躅を愛でる柳之助と千秋であったが、密議の部屋の外にいて、千秋は話の概要を理解したらしい。

三喜右衛門達が散会する前にと、二人は再び中食の場である小座敷へ戻った。

（六）

それから芦川柳之助と千秋は、遊び人の隆三郎と、壺振り・九尾のお春として、密議から女将の仕事に戻ったお豊に中食の礼を言うと、〝駒井〟を出て護国寺の門前へと二人で出かけた。

相変わらず、礼蔵は柳之助に、

「当分は、経堂屋敷の賭場を見廻ってくれねえか」

と、頼んでいたし、千秋の女壺振りも好評を博していた。〝駒井〟を出て、弥助の矢場に戻って仕度をして、女壺振りとなって賭場へ出ることになっていた。

その道中、柳之助は千秋が研ぎ澄まされた遠耳によって知り得た、三喜右衛門の身内への提言について、余すことなく聞いた。

さすがに、詳細な事柄、三喜右衛門の情感までは聞き取れなかったものの、

「塙政之助に縄張りを譲る」

という大きな情報を得た。

礼蔵もお豊もこれにひとまず従ったと見えるが、

「近々、塙政之助に元締は会うつもりなんだろうな」

「そのようですねえ」

「まだ元締は、そんな話はしていないのだろうか」

「話の様子では、これから投げかけるようですねえ」

「政之助は、引き受けるだろうか」

「さて、どうでしょう。でも、引き受けてくれたら好いですねえ」

「そう思うかい？」

「元締はおりんさんとのんびり暮らせるようになるし、礼蔵さんとお豊さんも、本職だけしていれば好いので、これから二人でいられる一時が増えるでしょうから」

「二人でいられる一時か……。その一時を持て余すんだろうな」

「あら、そうでしょうか」

「礼蔵、お豊夫婦は今まで二人でいることが少ない暮らしを送ってきたんだ。何をし

てどんな話をすればよいか戸惑うだろう」

「わたしは、話に困りませんよ」

「千秋はおれと一緒になって、まだ日が浅いからだよ」

「そんなものでしょうか。忙しく暮らしてきて、やっと夫婦の一時が持てるようになったのですよ」

「その時には互いを知り尽くして、四十を過ぎている。話すこともなくなっているのさ」

「哀しいですねえ……」

「いや、そうでもないはずだ。何も話さずとも互いがわかるんだ。黙って一緒にいるだけで、幸せな心地になるんだろうよ」

「そういわれてみれば……」

千秋は自分の両親について想いを馳せた。

彼女の実家は老舗の扇店であるが、父・善右衛門《ぜんえもん》も母・信乃《しの》も、二人でいる一時はそれなりにあったが、これといって話していた記憶はない。

善右衛門は扇店の主人でありつつ、〝将軍家影武芸指南役〟という裏の顔がある。

信乃もそれを承知で嫁いできたわけで、ただの大店《おおだな》の夫婦ではなかった。

波乱に充《み》ちた暮らしが続く中で、子供達も手が離れ、ほっと一息をつく夫婦二人の一時。

話す言葉など浮かんでこないが、平和な時を二人なりに楽しんでいたのだろう。

千秋は納得しつつも、

「でもわたしは、幾つになっても、どんなに忙しい暮らしを送っていたとしても、二人でいる時は喋り続けますので、ご覚悟を……」

千秋は、つんと鼻を上に向けて、悪戯っぽく柳之助に頬笑んだ。

「ああ、喋れるものなら喋ってみるが好い。おれも心して聞こう」

遊び人と女壺振りが、道々こんな話をしていると誰が思うであろう。

隠密夫婦がすっかり板に付いてきた二人は、ひとまず今は絶えぬ会話に満足しつつ、柳之助は護国寺門前の掛茶屋へ、千秋は矢場へと別れた。

掛茶屋には、柳之助の奉行所での盟友・外山壮三郎《とやまそうざぶろう》が忍びで来ているのだ。

壮三郎は刻を決めて、日に数度ここへ来るので、柳之助は落ち合える間合を見計らって、密《ひそ》かに会って報告をすることになっている。

今日は大きな収獲を持って壮三郎に会える。

まず、塙政之助について調べるように頼むつもりだ。

――ふッ、壮三郎も近頃では洒落《しやれ》っ気が出てきたものだ。

柳之助は門前の掛茶屋に、しかつめらしい顔をして腰かけている、盟友を見て思わず相好を崩した。

派手な対の着物に、髷《まげ》は櫓落《やぐらお》とし。

どう見ても一端《いつぱし》の力士であった。

人に問われたら、上方《かみがた》下りで、江戸には出て来たばかりだとでも応えるのだろうか。

偉丈夫で、どこにいても目立つゆえに、ついに開き直り、かえって目立つ姿にしたようだ。

「関取、ちょいとお邪魔をいたします……」

誰も寄りつかぬ壮三郎の傍に腰をかけると、柳之助はそっと今日の報告をした。

「塙政之助……」

壮三郎は巨体を僅かに揺らすと、蚊の鳴くような声で、

「これから調べてみるでごんす……」

と応えた。

「壮さん、この恰好は二度としてくれるな。笑いを堪えるのが苦しいでごんす……」

柳之助は震える声で言った。

（七）

音羽の三喜右衛門と、塙政之助の会談は、その二日後に料理屋〝駒井〟で行われた。

縄張り内に、不穏な動きがないか確かめ、その根を刈ってからと思っていたが、何ごとも動いてみないとわからない。三喜右衛門はそう考えたのだ。

政之助の許に弥助が出向き、口上を述べると、元より将棋仲間で知らぬ仲でもない二人であるから、

「何の御用か気になるが、〝駒井〟には何度か将棋を指しに行ったことがありましてね。料理も酒も美味《うま》いから、楽しみに参りましょう」

政之助は快く応じて、会談の運びとなったのである。

三喜右衛門は、礼蔵とお豊を同席させ、政之助の方は、久万之助と長太郎を連れてきた。

政之助は開口一番、

「いやいや元締、このようなむさとした者を連れてきて申し訳ございません」

強面《こわもて》の二人を同席させたのが無粋であったと詫《わ》びたものだ。

「これは久万之助と長太郎……。こう見えてなかなか二人共に頭がようございまして、元締が申される話を、一言も忘れぬようにと、連れて参った次第で……」

礼蔵とお豊は、政之助と間近で会って言葉を交わしたことがなかったのだが、三喜右衛門を立てる物の言いようには好感が持てて、少し緊張が解けた。

「して、元締がわたしにどのような御用がおありで……」

弥助が、折入って話があると言ってきたので、政之助も気にかかっていたらしい。

「塙の旦那、お呼び出しして申し訳ございませんでした。お連れのお二人にも、しっかりと聞いていただければありがたい……」

三喜右衛門は、礼蔵とお豊を改めて紹介し一通りの挨拶をすませた後、まず酒と料理を振舞い、好い具合に舌が回り始めた頃を見計って、

「いよいよ、わたしも縄張りから手を引こうかと思っているのですよ」

と、切り出した。

「手を引く？　親の代からの大事な縄張りから？」

政之助は小首を傾《かし》げて三喜右衛門を見た。

そして、三喜右衛門が縄張りを継いでもらいたいと話を持ち出し、それを一通り聞くと、一変して神妙な面持ちになって、

「なるほど、そういう噂は聞き及んでおりましたが、まさかわたしにお鉢が回ってくるとは思いませんでしたよ」

と、唸《うな》った。

「だが、元締の申されることはよくわかる。利をもって約定を交わし、利をもって縄張りを治めていく。日頃わたしが考えている世の中のあり方は正しくそれですよ」

「旦那なら、きっとそう言ってくださると思っていました」

「元締の縄張りを受け継ぐというのは、元締が直に手がけている賭場、矢場に加えて、岡場所など御定法の裏で稼ぎをするところの世話をする役に就くということですね」

「左様で、長屋の大家のような役回りになります」

「となると、それによる実入りもあるというわけで」

「動けば人を雇わねばならないし、その分掛かりも要りますので、見合うだけの礼はいただきます」

「見合うだけの礼を……」

「何ごとも取り決めの通りに」

「わかります。金のことはきっちりと仕事に見合うように決めておかないと、相手の暮らしが立ち行かなくなる。そうなれば、世話する方とてもらうものももらえなくなってしまうというものです」

　政之助は大きく頷いた。

「だが、元締などしていると、心も体も疲れるものです。そんなことをするくらいなら、他にもっと金の稼ぎようがある。塙の旦那ならそのように思うかもしれない……」

「そこを気にかけてくださったわけですね」

「はい。旦那の算盤には、どのように出ることか。わたしにはわかりませんので」

「無礼を許していただけるならば……」

「何なりと」

「わたしが仕切れば、今よりももっと金を稼いでみせましょう。もちろん、取り決めに従った上で」

「でしょうね。ただその額が、旦那の思う数に足りるかどうか」

「そこに異存はありません。だが、元締が申される通り、さぞ心と体が疲れましょうな」

「はい。ゆえに、今すぐ決めてくれとは申しません」

「少し考えさせていただけたらありがたい。だが、お聞きした限りでは、随分と興がそそられます」

「それはありがたい」

「前向きに考えさせていただきましょう」

政之助は納得の表情を浮かべていた。

控える久万之助、長太郎のいかつい顔にも朱がさしたように見えた。

そこで礼蔵が口を開いた。

「ひとつ塙の旦那にお願いがございます」

「ひとつと言わず、思いつくままにどうぞ」

「ありがとうございます」

「縄張りを譲っていただくに当っての、金のことですかな」

「いかにも左様で」

「もちろん、ただでいただくつもりはありません。元締もこれまで汗を流し、金も注《つ》ぎ込まれたはず。それに、これからの暮らし向きのこともあるはずだ」

「さすがは旦那、話が早うございます。元締はこの先、女房とのんびりと暮らしたいとのことですが、身を引いた途端に、下らねえ野郎達から命を狙われねえとも限りやせん」

「わかります。備えを固めるには、それなりの金もかかりましょうな」

「元締は、欲のねえお人で、蓄えもねえときている」

礼蔵は言葉に力を込めた。

「かかった分だけ頂戴できたら好いってものさ」

三喜右衛門は宥《なだ》めるように言ったが、

「そんなわけには参りません」

お豊にぴしゃりと言われて、苦笑いを浮かべた。

「女将さんの言う通りですよ」

政之助は、妹夫婦に窘《たしな》められる三喜右衛門を見て頰笑んだ。

「いくら払えばよろしかろう」

「二千両でどうでしょう」

「二千両なら安い買い物だ。ますます興がそそられましたよ」

「畏れ入ります」

政之助が晴れやかな顔で応えたのを見て、礼蔵は畏まった。

三喜右衛門も姿勢を正して、

「塙の旦那に気に入っていただけたのなら、話を持ちかけた甲斐《かい》もありました。だが、二千両を払ってまで元締の苦労など背負い込みたくもない……と、後になって思い直すかもしれません。まずじっくりと考えてみてくださいまし」

静かに言った。

「そうさせていただきましょう。何もかも納得尽《ず》くで引き受けさせてもらうには、わたしに苦手なものはないかをまず検《あらた》めて、あれば元締にお訊ねしたい」

「ごもっともで。ひとまずわたしの申し出は、ご内密に願います」

「無論、他言はいたしませぬ」

これで初会合はまとまった。

申し分のない手応えに、三喜右衛門は上機嫌となり、

「さあさあ、酒も料理もまだこれからです。ゆっくりとしていってくださいまし」

政之助と、供連れの久万之助、長太郎をもてなしたのである。

（八）

芦川柳之助は、やたらと忙しくなった。

千秋の遠耳によって、三喜右衛門が塙政之助に後を託すつもりだと知り、まずそれ

を南町奉行所同心・外山壮三郎に報せた。

そして自らも政之助の面体《めんてい》を検めに、久保町へ走り、壮三郎との繋ぎで政之助の人となりを知った。

するとそれから〝駒井〟に政之助が現れた。

さては縄張り譲渡の密議だと思い、様子を見ていると、三喜右衛門の機嫌はすこぶるよい。

会談は三喜右衛門の満足いくものであったことが窺われた。

さらに、礼蔵からは経堂屋敷の賭場だけでなく、他の二ヶ所の賭場への見廻りの同行を求められた。平吉と弥助も一緒だという。

三喜右衛門が、経堂甚之丞から三ヶ所の旗本屋敷の中間部屋を、賭場として借り受けていることは既に述べた。

ひとつが、千秋が九尾のお春として壺を振る、甚之丞の屋敷である。

二つ目が、甚之丞の母親の実家である茗楽家八百石の屋敷で、ここは鬼子母神《きしもじん》の南にある経堂家からさらに南にほど近い畑に囲まれたところに位置する。経堂家の賭場よりやや小体《こてい》で、客も小店主や職人の親方などが多い。

三つ目は、経堂家の三百石取りの分家屋敷で、さらに小体の賭場となる。経堂家本家からは北東に位置し、こちらも護国寺門前の西青柳町《にしあおやぎちょう》と、百姓地を隔てたところにぽつんと建っている。客層は小博奕をしてちょっと遊びたいという、町の男達で、三喜右衛門一家が仕切る賭場の中では、御開帳する日が一番少なかった。

金のない者が博奕に身を滅《ほろぼ》さないようにという三喜右衛門の配慮がここにも反映されている。

礼蔵が自らその三ヶ所を巡るのは珍しいが、平吉、弥助に加えて、客分の隆三郎を伴うというのは、何か理由があると思われた。

とはいえ、厄介になっている遊び人としては、渡世の義理であるから、何も問わず黙って従うしかないのだが、行ってみて納得がいった。

礼蔵は三ヶ所の賭場に、塙政之助を案内して、披露せんとしたのである。

「ちょいと大事な客人を案内するんで、手伝ってもらいてえんだ」

と、礼蔵は言ったが、それが正しく政之助であったのだ。

政之助には、いつも通り久万之助、長太郎が付いている。

柳之助は既に三人の顔を確かめていたので、この賭場廻りにはどういう意味があるのかわかっていた。

壮三郎からの繋ぎでは、

「頭が切れ、腕も立ち、商いの才は抜け出ている。日頃は穏やかで取り乱すことがなく、何ごとにも抜け目がない。それだけに油断ならぬ男だ」

とあった。

三喜右衛門が見込んだのであるから大した男なのであろう。

「ほう、さすがは音羽の元締だ。三つの賭場はどれも掃除が行き届いていて心地がよい。そして、三つそれぞれに意味がある……」

政之助は賭場を見廻って、礼蔵に感心したと伝えていた。

多くは語らず、二千両で買い取るための下見にきたとは曖《おくび》にも出さず、楽しげに見て廻る姿には親しみが持てるが、壮三郎が、

「それだけに油断ならぬ男だ」

というのがよくわかる。

涼しげな挙措《きよそ》動作には、えも言われぬ威風が隠されていて、それが時折凄みとなって五体から放たれるのだ。

久万之助、長太郎は黙って政之助に付き従っているが、この二人にも隙がない。

——さて、このまま上手く縄張りが受け継がれるのならば好いが。

三喜右衛門がこれと選んだ相手ゆえ、優れた男なのであろうが、まだ塙政之助へ譲

るまでには紆余《うよ》曲折があるはずだ。

礼蔵と弥助、平吉が出張るとどこかから聞きつけたのか、この度は鬼松こと松三は、どこにも現れなかった。

三喜右衛門は、まだ経堂甚之丞には縄張りを新たな元締に託すつもりであると、伝えていないらしい。

それは当然のことではある。

政之助からの正式な返答無しには、話など出来るものではないが、

「元締が変わるなら、おれの取り分も変えてもらおう」

などと言い出す恐れもある。

松三の姿は見かけなかったが、経堂屋敷では、相変わらず藍太郎が客の間をうろうろとしていて、礼蔵を見かけると寄ってきて、

「礼蔵さん、あの人はもしかして久保町の塙の旦那ですかい？　こいつは上客だ。さすが元締は顔が広いや」

などと囁《ささや》いたものだ。

礼蔵は、厳しい表情で、藍太郎の問いには応えずに、

「今日は松三の野郎は来ちゃあいねえのかい？」

と、低い声で返した。

「お前が誰をお屋敷に入れようと、こっちは文句の言いようもねえが、賭場をうろうろさせるのは気にくわねえや」

「礼蔵さん、そう恐い顔をしねえでおくんなさいな。松三も今じゃあ心を入れ替えて、渡世の仁義をわきまえようとしているんだ。温かい目で見てやっておくんなさい」

「渡世の仁義をわきまえようとしているようには見えねえぜ」

「元締の客に難儀をかけるような真似はしませんよ。だが、礼蔵さんがそう言うなら、この賭場をうろうろしねえように伝えておきましょう」

「そうかい、頼んだぜ」

「この藍太郎は、鬼松を手前の身内とは思っておりませんのでそこはわかってやってくださいまし」

「そうかい、それを聞いて安心したぜ」

礼蔵は、松三について言い訳がましい口を利く藍太郎を突き放すようにして、政之助の案内を続けたのである。

藍太郎は、三喜右衛門の右腕と言われる礼蔵ゆえに下手に出ているが、政之助一行を見る目は鋭かった。

まだまだここにも火種が潜んでいるように思われた。

「ほう、これは好い。ここにくればいつも見られるようにするべきだ……」

やがて政之助が唸った。

千秋扮する九尾のお春が壺を振る姿を認めたのだ。

千秋はちらりと政之助を見て妖しく頬笑んだ。

「礼蔵さん、考えましたねえ」

女壺振りを雇って趣を変える三喜右衛門一家の手腕に、政之助は感じ入ったらしい。

柳之助は、

――千秋、笑いかけるやつがあるか。

嫉妬に似た感情に襲われて、これから何か一波乱が起こるのではないかという胸騒ぎが一層込み上げてきたのである。

（九）

塙政之助は、大いに賭場を気に入ったようだ。

客層に応じて三ヶ所に分けてあることや、女壺振りなどを配し、客を楽しませる遊び心もよいと感心したらしい。

だが、塙政之助が三喜右衛門一家の縄張り内の賭場巡りをしたことは、その筋の者達にはすぐに広まり、あらゆる臆測を呼ぶことになった。

三喜右衛門が若い女房をもらい、裏稼業を仕切るのに嫌気がさしているのではないかという噂が流れていたので、勘のいい者なら、

「元締は、塙の旦那に縄張りを売り払うつもりかもしれねえ」

と、思うであろう。

そんな折に、ちょっとした騒動が起こった。

矢場の弥助が、礼蔵に助けを求めてきたのだ。
二、三日前から、矢場に入れ代わり立ち代わり破落戸がやってきて、矢場女達に無理を言うのだという。そこは客商売であるから丸く収めてきた。
ところが今日は五人でやってきて、あれこれ難癖をつけ始めたという。

いつまでも黙っていては、こういう連中はなめてかかってくる。この辺りで痛い目に遭わせてやりたいので、応援を寄こしてもらいたいと、若い衆を礼蔵の酒屋へ走らせたのであった。

ちょうどその時、柳之助は礼蔵に伺いを立てて、賭場の見廻りに行くところであっ

たので、

「礼蔵兄イ、あっしもお供いたしやす」

と助っ人《すけと》を買って出て、礼蔵と息子の千三との三人で駆け付けた。

千秋は矢場で寝泊まりをしているのだが、彼女が賭場へ出ている間に破落戸達はやって来るので、腕の揮《ふる》いどころがなかったと見える。

それは幸いであった。

今はまだ千秋の超人的な強さは伏せておきたかったからだ。

護国寺への参道の大通りをひとっ走りすると、すぐに弥助の矢場に着いた。中を覗《のぞ》くと弥助が五人の破落戸に向かって、

「うちも客を選ぶような真似はしたかねえが、娘達に無理を言って、他のお客に迷惑をかけられては黙っちゃあいられねえ。とっとと帰って、二度とこねえでくんない」

凄みを利かせていた。

「おい、亭主、お前はおれ達に喧嘩を売っているのかい」

破落戸の一人が声を荒らげた。

「だったらどうなんでえ」

そこへ礼蔵が入って一声発した。

その刹那《せつな》、そ奴は礼蔵に軽々と抱えられ、床に叩きつけられていた。

柳之助は好いところを見せたかった。自分もすぐに礼蔵に続かねばなるまいと、矢場の内へと飛び込んで、

「いくらでも売ってやるぜ！」

と、一人に蹴りを入れ、かかってくる相手の顔に頭突きを食らわせた。

弥助と千三も負けじと、喧嘩に加わったから、堪《たま》らず破落戸達は逃げ出した。

「おとといきやがれ！」

礼蔵は慣れたもので、店から叩き出すとて追おうともしなかった。

「けッ、口ほどにもねえ奴らだぜ」

柳之助は、礼蔵の腕っ節の強さに感じ入ったが、ふと思い立って、

「ちょいと様子を見てきます……」

と言い置いて、逃げた五人組の後をそっとつけた。

五人は痛む体をさすりつつ、稲荷《いなり》社の裏手に身を潜めると、

「兄ィ、話が違いますぜ」

「奴らは滅法強《つえ》えや、歯が立たねえ」

兄貴分の一人に泣きごとを言った。

兄ィと呼ばれた男は、五人の中で一番強く、弥助と千三とやり合うと、逃げ足速く矢場から退散していた。

「命があっただけでもありがたく思いな。後金をもらえりゃあ文句はねえだろ」

兄ィは四人に金を握らせ、そこで散り散りになった。

柳之助はこ奴のあとを追った。

そっと様子を窺ったところでは、破落戸の下っ端をこの〝兄ィ〟が雇ったように見える。

となれば〝兄ィ〟は何者なのか——。

柳之助は気配を殺して、ひたすらつけた。

すると〝兄ィ〟は鬼子母神の北に建つ、法明寺《ほうみようじ》の裏手に足早に向かった。

そこにはぽつんと平家建の仕舞屋《しもたや》があり、彼はその中へと消えていった。

柳之助は注意深く辺りを見てから、仕舞屋が見える藪《やぶ》を見つけ、そこで息を潜めて仕舞屋の様子を窺った。

すると、小半刻《こはんとき》くらい経って動きがあった。

法明寺の方から三人の男達がやって来て、仕舞屋に入っていったのである。

——松三だ。

そのうちの一人が、鬼松の異名をとる松三であった。

五年ほど前に、町で乱暴を働いているところを、礼蔵に叩き伏せられたというが、それから心に期するところがあったのであろう。

今、乾分を引き連れて仕舞屋へ入る姿には、なかなかに威風が漂っている。

仕舞屋の周囲には身を隠すところがない。

柳之助はすぐにとって返して、礼蔵にこれを伝えた。

「松三が絡んでいやがったか……」

礼蔵は腕組みをして、しばし思い入れをした。

縄張りの内で、若い連中が調子に乗って暴れることはよくある。

大抵は、脅せば退散するし、目に余れば今日のように叩き出すこともある。

矢場が気に入って、そこを溜り場にして幅を利かそうと、調子に乗り始めた連中かと思ったが、どうやら松三の差し金であったらしい。

三喜右衛門が縄張りの仕切りから手を引くという噂を聞いて、

「野郎、揺さぶりをかけてきやがったな……」

礼蔵はそのように捉えた。それと共に、

「隆さん、助けてくれた上に、機転を利かせて、松三の居処《いどころ》まで突き止めてくれたとは大したもんだ」

と、柳之助をますます頼みに思うようになったようだ。

これまではとりたてて大きな動きも見られなかったが、三喜右衛門が塙政之助に話を持ちかけた途端に矢場の一件である。しかもそれに松三が絡んでいるとなれば、政之助に交渉しながら、問題をひとつひとつ片付けていかなければなるまい。

「隆さん、この先も手を貸してくれねえかい。三喜右衛門の兄ィは、これまで世の中からはみ出しそうになる者を、命がけで拾い上げて育ててきなすった。おれはあの人こそ渡世人の鑑だと思っているんだ。そのお人が、渡世から身を引いて、穏やかに暮らそうとしている……。それを邪魔する奴は許せねえ。おれはとことん戦ってやる。隆さん、お前ならわかってくれるだろ」

礼蔵は、しみじみとした物言いで柳之助を見た。

柳之助は胸がいっぱいになった。

御定法に照らして考えれば、三喜右衛門も礼蔵も咎人《とがにん》になる。

この度の潜入は、彼らより尚極悪な連中を掃除することが目的だが、それでも仕事の終りには彼らを捕えねばならないのであろうか。

奉行の温情を願いながら、もしそうなればさぞや辛いことであろうと、隠密廻りの辛さを改めて思い知らされた。

——せめて今は、精一杯一家のためにも働こう。

柳之助はそう思い直して、

「礼蔵さん、あっしは渡世の義理以上の想いで、この先も助《す》けさせていただきやすよ」

と言って、威儀を正してみせた。

「かっちけねえ。恩に着るぜ」

ほっと一息つく礼蔵に、

「礼蔵さんも、元締に育てられた一人で……」

柳之助は過去を問わずにはいられなかった。

「ああ、あの人は命の恩人だ……」

礼蔵は、伝通院《でんずういん》前に住む博奕打ちの子に生まれた。母親は酒場の酌婦で、父親と一緒になった後は、亭主の当てのない方便《たつき》を補わんとして、内職などをして懸命に礼蔵を育ててくれたという。

だが父親は、そもそもがやくざ者の上に、酒乱で何かというと女房子供に手を上げた。

ある時、家の金をそっくり懐に入れて、博奕に出ようとして、それを止めた母親と口論になり、殴りつけるとぷいっと家を出てしまった。

哀れな母親は、その時の怪我が祟《たた》って、数日後に帰らぬ人となってしまった。周りの人達の情けで、何とか母親を弔うと、その三日後に女房の死など知る由もなく、父親が酒場で飲んだくれていると聞いた。礼蔵は酒場の外の路地裏で、父親が出てくるのを待った。

やがて酒場を出て酔っ払いながらふらふらと歩く父親を、礼蔵は懐に呑《の》んだ包丁で有無を言わさず刺した。

父親は呆気《あっけ》なくこと切れた。礼蔵はこの時、まだ十三歳であった。母親の哀れな死が父への憎しみとなり、怒りが募って刺したものの、人を殺した衝撃に、その場から動けなくなってしまった。

そこに通りかかったのが三喜右衛門であった。

三喜右衛門はまだ三十にもなっていなかったが、先代の死によって既に元締となっていて十分な貫禄《かんろく》を備えていた。三喜右衛門は礼蔵を見て、

「お前が殺《や》ったのかい」

落ち着いた声で問いかけた。

「ああ、おれがやった……」

「そいつに恨みがあったのかい」

「おれのおっ母さんを殺しやがった」

「もしかして……」

「ああ、おれの父親だ……」

三喜右衛門は、すぐに状況を察した。

「酷え親父だったようだな」

「殺さねえと、こいつはまた女を殺す……」

放心していた礼蔵であったが、不思議と三喜右衛門には、すらすらと言葉が出た。

「そうかい、そんならお前は、何人もの女の命を助けたわけだ。よくやったぜ」

三喜右衛門はそう言って礼蔵の肩をぽんと叩くと、血がついた包丁を拾って、近くの堀へと投げ捨てた。

そして、礼蔵を立たせて、

「ちょいと痛えが辛抱しなよ」

そう言って、拳《こぶし》で礼蔵の顔を二度殴りつけた。

礼蔵は口を切り、頬は腫れ、酷い面相となったが、音はあげなかった。むしろ、その痛みで正気に戻れたのだ。

「大したもんだ。お前、名は？」

「礼蔵……」

「そんなら礼蔵、おれがいいと言うまで何も喋るなよ」

三喜右衛門は頷く礼蔵を肩で支え、近くの木戸番を捉えて、

「おれは音羽の三喜右衛門ってもんだが、この若えのが父親といるところを、何者かに襲われたらしい。ちょいと助けてくんな」

と告げて心付けを握らせた。

「へ、音羽の……。こいつはどうも、ご苦労なことで……」

番太はしどろもどろになって、後の始末をつけてくれた。

この辺りで音羽の三喜右衛門と聞けば、知らぬ者はない。彼の一声で礼蔵がやくざな父親のせいで巻き添えを食って酷い目に遭ったと、信じて疑わず、誰もが憐《あわれ》んでくれたのであった。

「父親は殺されてしまったが、その方がお前にとっては幸いだ」

という町方の同心に、

「この若えのは、あっしが何とかいたします。これも何かの縁でございましょう」

三喜右衛門はそのように告げて、ひとまず連れ帰ってくれたのである。

桜木町に戻る道中、

「腹が減っただろう。何か食おうぜ」

三喜右衛門は、一膳飯屋に連れて行ってくれた。

そしてそこで、さっきから言われた通りに黙っている礼蔵に、

「さあ、もう喋って好いぜ……」

三喜右衛門は頬笑んだのだ。

（十）

「おれはそん時、何か言おうとしたんだが、言葉の代わりに涙が出たよ。まだ子供だったからな。わんわんと泣いたよ。温かい飯と味噌汁《みそしる》が運ばれてきて、腹が鳴っているってえのによう……」

礼蔵は、その時のことを柳之助に語ると、目頭を熱くした。

「礼蔵さんにとっちゃあ、元締は父親以上の人なんですねえ」

柳之助も泣けてきた。

「それからおれは一家の身内となったのさ。父親を殺しちまったおれが生きていけるのはここしかねえと、元締の言いなさることは何でも聞いて、守ったもんだ。そうするうちに、酒屋を任され、お豊を任され……。ははは、元締あってのおれなのさ」

「礼蔵さん、よくぞおれなんかに何もかも話してくださいましたねえ。そこまで見込んでもらったら、あっしは命を預けるしかありませんや」

「隆さん、やはりお前は、元締が見込んだだけのことはある。よろしく頼むぜ」

「へい、こちらこそ……」

柳之助は隠密廻り同心としての務めを超えた感情に突き動かされていた。

三喜右衛門が礼蔵を拾い上げ、ここまでの男に育てたことが罪だというならば、自分はいつでも御定法を破ってでも、三喜右衛門を庇《かば》うであろう。

「まず松三の野郎をどうします？」

柳之助は遊び人の隆三郎として、礼蔵と策を練った。

「すぐに動くと、奴は正体を隠しちまうだろう」

「今は泳がせて、何を企んでいるのかを、はっきりとさせるべきですね」

「ああ、元締もきっとそう言いなさるだろうよ」

矢場に嫌がらせを仕掛けてきた連中を叩き出した興奮が、二人の男の絆《きずな》を強くしていた。
柳之助は、これでまたひとつ、三喜右衛門一家の懐の奥に入り込むことが出来た。
迫り来る戦いの予感――。
それには千秋の助けが今以上に要る。
だが千秋は、女壺振りとして頭角を現している。
賭場を空けられないのが辛いところだ。
――いや、それは何とかなる。
柳之助の頭の中に、ある考えが浮かんだ。
その時、部屋にお豊が酒徳利を手に入って来た。
「隆さん、色々大変だったようだから、まあ一杯飲んでおくれよ」
「そうだったな。お豊、何か肴《さかな》をみつくろってくれねえかい」
「あいよ」
この二人も息がぴったりと合っている。
それにしても、
――ちょっと信用され過ぎで薄気味が悪い。
そんな気持ちにさえなってくる。

礼蔵、お豊夫婦と酒を酌み交わしていると、柳之助の脳裏に千秋の顔が浮かんできた。

あらゆる不安や愁《うれ》えは、彼女の俤《おもかげ》に塗り潰されていく。やけに強妻が恋しくなる夏の宵であった。

第三章　壺振《つぼふ》り姉妹

（一）

「これは、あたしの妹でございます。礫《つぶて》のお梅《うめ》などと呼ばれておりまして、あたし同様、やくざな暮らしを送っている、けちな女でございます……」

九尾《きゅうび》のお春《はる》に扮《ふん》した千秋《ちあき》が、いかめしい表情で、〝妹・礫のお梅〟を、酒屋の奥の間に居並ぶ、礼蔵《れいぞう》、千三《せんぞう》、弥助《やすけ》、平吉《へいきち》に引き合わせている。

一間の内には、遊び人の隆三郎《りゅうざぶろう》こと、芦川柳之助《あしかわりゅうのすけ》も列座していた。

「どうぞ、お引き立て願います」

恭《うやうや》しく頭を下げた礫のお梅は、千秋同様に婀娜《あだ》な出立《いでた》ち。

もちろん、千秋に妹はいない。

となると、このお梅が何者かは、もはや言うまでもなかろう。

扇店〝善喜堂《ぜんきどう》〟のお嬢様であった千秋に、お付の女中として奉公し、千秋が八丁《はっちょう》堀《ぼり》に嫁いだ後は、芦川家の女中として仕える、お花《はな》がその正体である。

もう何年も姉妹のように暮らしてきたので、妹役が板に付いている。

女壺《つぼ》振《ふ》りが殊の外評判を呼んだので、

「相州《そうしゅう》辺りの宿場の賭場《どば》をうろうろとしている妹も、壺を振っておりますので、呼び寄せてみましょうか」

と、千秋が弥助に言ったところ、それが礼蔵に伝わって、

「願ってもねえや」

話が進んだのだ。

千秋への繋《つな》ぎ役は、芦川家の小者・三平《さんぺい》と、柳之助の密偵を務めている元盗賊の九《く》平次《へいじ》が当っている。

柳之助の許しを得て、千秋はお花に指令を送ったのだ。

お花が、待ってましたとばかり、大喜びしたのは想像に難くない。

彼女はただの奉公人ではない。

〝将軍家影武芸指南役〟の拠点である〝善喜堂〟は、奉公人が皆武芸を修めていて、お花は千秋に劣らぬ術の持ち主なのだ。

この度も、

――わたしにいつお呼び出しがあるか。

と、八丁堀の組屋敷で、日々そわそわとしていた。

柳之助と千秋が隠密廻《おんみつまわ》りの務めで屋敷を空ける時は、母・夏枝《なつえ》には奉行所から女中と老僕が付けられる。

夏枝は二人と既に馴染《なじ》んでいたので、お花はいつでも出動出来たのだ。

――女壺振りか。これはまた楽しそうだ。

賽《さい》の扱いは、〝善喜堂〟で修得をしていたし、

――こういう婀娜な姐《ねえ》さんを、一度やってみたかった。

と、大いに張り切ってこの日を迎えたのであった。

お花は、

「まず、これくらいできたらよろしゅうございますか？」

と、早速壺振りの腕を見せた。

お花も千秋同様に、賽の目を思うように出す術を持ち合わせている。決していかさまをするわけではないが、あまりにも大負けをする者が出てきたら、少しは勝たせてやることが出来る。負けが込んで自棄《やけ》になられても困るからだ。

「それだけの腕があれば、言うことはねえや。お春姉さんと同じで、さぞ男達に惚《ほ》れられるだろうが、見た様子じゃあ、うまく切り抜けられそうだ」

礼蔵は大いに期待をした。

「大事ございません。姉さん同様、腕っ節の方も、なかなかのものでございますから」

お花は自信たっぷりに応えたが、

「お梅、調子に乗って目立った真似《まね》はするんじゃあないよ」

ぴしゃりと千秋にやり込められて、首を竦《すく》めた。

その様子も傍目《はため》にはほのぼのとして映り、お花はたちまち三喜右衛門《みきえもん》一家の面々に気に入られたのであった。

柳之助も、お花がいると千秋を使い易《やす》くなるので、頼もしい味方が一人増えたと、内心ほっとしていた。

ひとまずお花は、千秋と同じく弥助が主《あるじ》を務める矢場に寝泊まりすることになった。

「姉さん、お邪魔させてもらいますよ」

「あたしに遠慮はいらないよ」

「隆三郎さんとの一時は、お邪魔しませんから安心しておくんなさいな」

「余計なことは言わなくて好《い》いんだよ」

二人のやり取りも快調であった。

お花は、柳之助に悪戯《いたずら》っぽい目を向けると、

「一旦矢場へ入って、旅の垢《あか》を落しなせえ」

と言う弥助に案内され千秋と共に酒屋を出た。

平吉も縄張りの見廻りに、千三を連れて出た。

礼蔵は、隆三郎を連れて三喜右衛門の許《もと》にお梅のことを報《しら》せがてらこの先の伺いを立てるつもりであったが、

「隆さん、すまねえな……」

不意に改まった物言いで詫《わ》びた。

「どうしたんです……?」

柳之助はぽかんとして礼蔵を見た。

「いや、考えてみれば、隆さんは元締の客人なのにように。何だか当り前のように危ねえところへ付合わせている……」

「何を言っているんです。渡世人の客ってえのは、厄介をかけている人のために命を張るのが当り前ですよう。ましてや、音羽《おとわ》の元締のために腕を揮《ふる》えるなんて、夢を見ているようですよ」

「そう言ってくれるのはありがてえが、今思うとおれは油断をしていたよ」

「油断……？」

「ああ、ここ何年も縄張り内で大きな揉《も》めごとはなかった。元締に逆らう者などいねえ。それが当り前になっていたからよう……」

思えば揉めごとらしいものは、五年前に礼蔵が、縄張り内で調子に乗って強請《ゆす》りたかりを繰り返した松三《まつぞう》を叩《たた》きのめした一件だけであった。

酔って偶発的に起こる喧嘩《けんか》は時折あったが、それも周囲の者が仲裁に入ればすぐに収まった。

聞き分けのないことをいつまでも言っていると、音羽の元締の乾分《こぶん》達が黙ってはいない――。

それが暗黙のうちに掟《おきて》となって広がっていたからだ。

三喜右衛門の人望は大したもので、誰もが三喜右衛門に睨《にら》まれたくはなかった。

若い頃の三喜右衛門の腕っ節の強さと、喧嘩度胸の凄《すさ》まじさを、年長の者は誰もが覚えている。

そして、その下の若い者達は、三喜右衛門の右腕である酒屋の礼蔵の喧嘩の強さに何度か遭遇していた。

それゆえ、音羽雑司《ぞうし》ヶ谷界隈《やかいわい》では、勝手な真似は出来なかったし、しようと思う者もいなかった。

「だからよう。何かことが起きれば、おれが二、三人連れてその場へ行きゃあ、それだけですんだんだ。だが、おれももう歳《とし》だ、一人で四、五人を相手にできた頃の強さはねえ。いざことが起きたら、相手が何人いようが戦えるだけの乾分達を日頃から揃《そろ》えておかねえといけなかった」

「それが油断だと?」

「ああ、元締を慕う者はそこら中にいるが、いざとなった時に、命を張って駆け付ける者はいねえや」

「元締も、そんなことは望んでいませんしねえ」

「ははは、まったくだ」

「だが礼蔵さん、いざとなりゃあ、おれみてえなのが何人も湧いて出てきますよ」

柳之助はにっこりと笑ってみせた。

「そうなのかねえ」

礼蔵の表情は冴《さ》えない。

「松三が、何か新しい動きを見せているんですかい？」

柳之助は、ここぞと訊《たず》ねた。

「この前、隆さんが見届けてくれた仕舞屋《しもたや》だが……」

「法明寺《ほうみようじ》の裏手の？」

「ああ、松三はそこを根城にしているのかと思っていたが、どうもそうじゃあねえようだ。他にもいくつか住処《すみか》があって、転々としてやがるそうな……」

金貸しの塙政之助《はなわまさのすけ》が〝駒井《こまい》〟を訪れ、三喜右衛門と会談した後、御用聞きの大塚《おおつか》の房五郎《ふさごろう》が、すぐに礼蔵を訪ねてきたという。

「塙政之助のことは、もう噂《うわさ》になっておりやすぜ」

房五郎は、探るような目を礼蔵に向けると、

「元締は、塙一家に縄張りを譲るつもりなんでしょう？」

礼蔵に問うてきた。

「いや、そんな話はしちゃあいねえ」

礼蔵はやんわりと否定した。

「元締と塙の旦那は、前から将棋仲間だったんだ。たまさか〝駒井〟に食べにきなすったから、元締がお出迎えしただけだよ」

「そうなのかい？」

「ああ、元締が何を考えておいでかは、おれにはわからねえ。ただ、おりんさんとのんびりと暮らしたくなっていることだけは確かだがな」

「おいおい礼さん、おれには本当のところを話してくれたって好いだろう」

「だから、相変わらずってところだよ」

それ以上は聞いてくれるなという想《おも》いを込めて、礼蔵はその日もまたはぐらかした。それなりの礼はしているのである。あれこれ情報を流してさえくれたらよいのだ。

――余計なことを探るんじゃあねえや。

内心、房五郎が煩《わずらわ》しくもあった。

房五郎も人の顔色を読むのには長《た》けている。

「まあ、礼さんにも言い辛《づら》いこともあるだろうから、話しても好い頃合を見て打ち明けておくれよ」

機嫌をとるように言うと、

「この前、矢場で揉めごとがあったとか？」

さすがは地獄耳である。あの一件を持ち出してきた。

「大した話じゃあねえんだよ」

「松三が絡んでいるのかもしれねえな」

「そうかもしれねえ」

遊び人の隆三郎が既に突き止めていたが、そのことには触れず、礼蔵は房五郎が何か摑《つか》んでいるのか探りを入れた。すると房五郎は、

「松三は、方々に住処を構えているようだ。やはり気をつけた方が好いねえ」

そのように告げたのである。

礼蔵は房五郎から得た情報を柳之助に伝えると、

「松三は新たに一家を構えたと思った方が好い、隆さん、すまねえが気にかけておいてくんな」

片手で拝んでみせたのであった。

（二）

鬼松《おにまつ》こと松三が、不穏な動きを見せている――。

礼蔵の口から、三喜右衛門に懸念は伝えられたが、

「恐れるほどの相手じゃあねえよ。放っておけば、そのうち正体を見せるさ」

三喜右衛門はさすがの貫禄《かんろく》で、落ち着き払っていた。

すると、三喜右衛門の言う通り、松三が仕掛けてきた。

矢場での騒動から五日後の昼下がり。不埒《ふらち》にも、料理屋の〝駒井〟に、客を装って一人でやって来たのである。

店の者は、松三の顔を知らない者がほとんどだ。

この日は羽織など身につけて、貫禄十分に堂々としていたので、店の女中達もすんなりと座敷に通したのだ。

ちょうど、三喜右衛門の若女房・おりんが店を手伝いに来ていて、そうとは知らずに松三の応対に出たところ、

「お前さんは、おりんさんかい？」

松三は既に調べをつけていたようで、いきなり問うてきた。

「はい、左様でございますが……」

客の扱いには、水茶屋に出ていた頃から慣れているおりんであるが、いささか気味が悪く、怪訝《けげん》な表情をみせた。

「こうして見ると、好い女だねえ。元締が渡世人の暮らしから足を洗いたくなるのも無理はねえや」

不躾《ぶしつけ》な物言いに、おりんも心の内で身構えたが、

「それは畏れ入ります」

さらりとかわす術《すべ》を、彼女は心得ていた。

「まず、お酒をお持ちしましょう」

そしてひとつ頭を下げると、座敷から下がろうとしたが、

「酒の前に、お前の旦那をここへ呼んでくれねえかい」

と、呼び止めた。

「わたしの旦那を？」

「ああ、そうだ」

「音羽の三喜右衛門をここに？」

「ああ、鬼松が会いにきたと伝えてくんな」

「鬼松さん……？」

「松三といえばわかるはずさ」

「いきなりやってきて、ここへ連れてこいとは、松三さん、ちょいと料簡《りようけん》違いじゃありませんかねえ」

おりんは思いの外に度胸が据わっている。

冷たく言い返した。

「何だと……」

松三は気色ばんだ。

そこへ異変を覚えたか、女将《おかみ》のお豊《とよ》がやって来て座敷に座ると、

「おりんさん、よく言ってやったね」

きっぱりと言った。

「鬼松か〝おそまつ〟か知らないが、ここはお酒と料理を出すところさ。音羽の元締を出せと言われても困るんだよ。とっとと帰っておくんなさいな」

お豊の勝気さは相当なものである。

松三も噂には聞いていたが、あまりの勢いに、いささか気圧《けお》された。

「お前が男勝りの女将かい。いくらお前が強くても、この松三を叩き出すことはできねえぜ。おれのところへ元締を呼びつけたわけじゃあねえ。こっちが一人で出向いたんだ。取次いでくれても好いだろうよ」

「頼んできてもらったわけでもないよ」

「口の減らねえ女だ。呼べと言ったら呼ばねえか！　それとも元締は、おれが恐《こわ》くて出てこられねえとでも言うのかい。ふん、若え女房をもらって、腑《ふ》抜《ぬ》けになっちまったか……」

「何だって！」

お豊は怒りの形相で、思わず立ち上がった。

「誰が腑抜けだい！」

ほとんど同時におりんも立ち上がっていた。

日頃はおっとりとして、やさしげなおりんであるが、そもそも気丈で胆《きも》が据わっている。

このところはお豊について女将修業をしていて、彼女の薫陶を受けていた。

――厄介な女達だぜ。

松三は女相手に喧嘩をするつもりはない。

だからといってむざむざと帰るわけにもいかない。どうしてやろうかと、二人を睨みつけたものだが、

「おれに何か用かい？」

そこへ騒ぎに気付いた三喜右衛門がやって来た。後ろには、ちょうど店に居合わせた柳之助がいる。

続いて隣の酒屋から礼蔵が駆け付けて、

「手前《てめえ》！　また痛え目に遭いたいってえのかい！」

松三を見るなり凄《すご》んだが、三喜右衛門はこれを手で制し、

「おれに話があってきたんだろう」

と、松三に問うた。

松三はしたり顔で、

「へい、左様で……。最前からそう申し上げているんですがねえ。こちらさんはどなたも血の気が多くていけませんや」

薄笑いを浮かべながら応えた。

かつては血の気が多くて、何かというと暴れていた松三が、こんな口を利くようになったとは、おれも歳をとるはずだ――。

礼蔵の怒りが失笑に変わった。

三喜右衛門は、どこまでも落ち着いている。

「若えの、そいつはすまなかったな。うちの女達は皆、人の好き嫌いがはっきりしていてねえ……」

松三を見て笑うと、

「おれも暇じゃあねえが、とにかく話を聞こうじゃあねえか」

松三を見据えて言った。

（三）

柳之助は、お豊、おりんと共にひとまず座敷から立ち去った。

松三一人に何人も傍《そば》に付いているのは、三喜右衛門の信条に反するからだ。

礼蔵は番頭の立場であるから、話を一緒に聞くことにした。

松三は気味が悪いほど落ち着いていて、不敵な笑みを終始浮かべている。

——こいつには後ろ盾がある。

それゆえどっしりと構えていられるのだ。

五年経《た》ったとて、路上で強請りを働いていたような男が、性根《しょうね》まで改まると礼蔵には思えなかった。

「それで、元締に話とはなんでえ？」

礼蔵が口火を切った。

「元締が、縄張りを手放すと聞いたが、どうなんです？」

松三は上目遣いに問うた。

「そんな噂が出ているのかい？」

三喜右衛門はしらばくれた。

「へい。世間ではもう決まったことのように言われておりやすよ」

「おれももう歳だ。いつかは身を引くつもりでいるのは確かだよ」

「やはり左様で」

「だがそれがいつかはまだわからねえし、お前に知らせる義理もねえや」

「そいつは承知いたしておりやす」

「おれが身を引いたら、どうだというんだい」

「あっしに縄張りを譲っておくんなせえ」

「何だと……」

礼蔵はじろりと松三を見た。

三喜右衛門は、黙っているようにと礼蔵に頷《うなず》いて、

「おれの後は、お前が縄張りを仕切ってくれるというのかい？」

穏やかに言った。

「へい」

松三は軽く頭を下げてみせた。

「お前に務まるとは思えねえがなあ」

「今の元締より、あっしの方が余ほど務まるってものでさあ」

「ほう、大した自信だなあ」

「所詮御定法《ごじょうほう》の裏で暮らす者は、やるかやられるかだ。若え女房に現《うつつ》を抜かして、すっかりとおやさしくなった元締を、今じゃあ誰も恐がりませんよう」

「お前がその筆頭かい？」

「あっしは、元締に嚙《か》みついたりはしませんや。だが、世間には向こう見ずの荒っぽい奴《やつ》らがたんとおりやすよ。その連中にとっちゃあ、今の元締は恐くねえ。そう申し上げているだけで」

そんな連中が方々で騒ぎを起こせば、叩き潰されたところで、

——三喜右衛門一家など、さして恐くもねえんじゃあねえか。

そう思う向こう見ずが、次々と出てくるはずだ。

そんなことになれば、これまでの縄張りの安泰は、音をたてて崩れていくであろう。

松三は、そう言いたいのだ。

礼蔵は黙っていられずに、

「その先陣を切って、手前が矢場に乾分を送り込みやがったか」

と、先日の一件を持ち出した。

「矢場？　さて、いってえ何の話でしょうねえ」

松三はここでも落ち着いていた。

「しらばっくれるんじゃあねえや。若え破落戸《ごろつき》共をたきつけた野郎が、お前の住処に入っていったところを、こっちは見届けているんだよう」

「確かにあっしの許には、血の気の多い若えのがうろうろしておりますがねえ。いちいち誰か覚えておりやせんし、どこで何をしているかなんぞ知りませんよう」

松三は嘯《うそぶ》いた。

「その野郎が誰かわかれば、そいつの首をここへ届けやしょう。あっしが指図して矢場で暴れさせたというのは言いがかりでございますよう」

礼蔵は口を噤《つぐ》んだ。

怒りに任せて言ってしまったことを悔いていた。

あの日。柳之助は逃げた若い連中のあとを追い、そのうちの一人が逃げ込んだ仕舞屋に松三が入っていくのを見届けた。

そしてひとまずそれを礼蔵に知らせたが、その後仕舞屋の様子を窺《うかが》うと、矢場で暴れた者の姿はそこになかった。

それから松三がそこに来る様子もなく、松三が陰で糸を引いているに違いないが、真相までは突き止められなかったのだ。

「そうかい、言いがかりというならこの先は問うまい。お前が首を届けてくれるのを楽しみに待っていようよ」

礼蔵は低い声で松三に言った。

「そんなら、話を続けさせてもらって、ようござんすか」

松三はニヤリと笑った。

「聞こうじゃあねえか。早くすませてえもんだ」

三喜右衛門が言った。

「ありがてえ……」

松三は、少しばかり姿勢を正して、

「元締には、若えおかみさんと、のんびりと暮らしてもらいてえ。あっしはそのように思っておりますよ」

「そうかい。ありがとうよ」

「ただ譲れと言っているわけではねえんですよ。それなりに、こっちも金の用意をするつもりでさあ」

「その金でのんびり暮らしてくれというのかい？」

「へい」

「いくらくれるんだい？」

「まず百両を手付にいたしやす」

「百両……」

「それから一年の間、毎月百両をお渡ししますから、合わせて千三百両。悪い話じゃあねえでしょう」

「好い話でもねえなあ」

三喜右衛門は嘲笑《あざわら》った。

「一年の間、毎月百両だと？　三月《みつき》しねえうちに付けを溜《た》められるのは目に見えているぜ」

「信じちゃあもらえねえんで？」

「馬鹿野郎！」

三喜右衛門は一喝した。

隣の部屋で、千三と共に聞き耳を立てていた柳之助は感嘆した。

いつものおりんとの惚気話《のろけ》をしている時とは、打って変わった迫力である。

「何をもって、信じろと吐《ぬ》かしやがる。信じてくれとおれに言えるだけのことを、これまでお前はひとつでもしたというのかい！」

松三はその迫力にたじたじとなって、何も言えなかった。

「金が不足で言うんじゃあねえ。縄張りを譲っても、この男なら安心だと思えば、ただでくれてやっても好い。だがお前には渡さねえ。力尽《ず》くでくるというならいつでもきねえ。相手になってやるぜ」

三喜右衛門は言い置いて立ち上がった。

「礼蔵、お客人のお帰りだ。お見送りしてくんな」

「へい……」

礼蔵は満面に笑みを浮かべて、自らも立ち上がると、

「話はこれまでだ……」

しかめっ面をしている松三を促した。

（四）

松三は大人しく帰ったが、このまま放っておくわけにはいかなかった。三喜右衛門を囲んで、礼蔵、お豊、弥助、平吉、さらに柳之助も仲間に入って、対策が練られた。

「まったく、手付に百両、後は月々百両だなんて、笑わせてくれるよ」

お豊が吐き捨てた。

柳之助は、隆三郎としてすっかり身内になっていたので、かくなる上はと意見を述べることにした。

「ですが、手付に百両ということは、松三は今すぐ百両なら用意できるわけですよねえ。あの男にしちゃあ、百両は大金ですぜ」

と言うと、三喜右衛門は大きく頷いて、

「隆さんの言う通りだ。あの野郎には金蔓《かねづる》があるということになるぜ」

腕組みをしてみせた。

やはり松三には誰か後ろ盾がいるに違いない。

一同の意見はそこに落ち着いたが、

「焦るんじゃあねえ。奴らはきっと何か仕掛けてくるはずだ。動き出せばすぐにわかるようにして、相手の親玉を見つけるんだ。親玉を押さえねえと埒《らち》が明かねえ……」

三喜右衛門はどこまでも落ち着き払っていたのである。

「隆さん、お前には迷惑をかけちまったねえ。だが、うちの者達は皆お前を頼りに思っている。ちょいと付合っておくれ。隆さんが思うように動いてくれたら好いからよう」

柳之助にはそのように告げた。

隠密廻り同心として潜入している柳之助にとっては、自儘《じまま》に見えぬ敵を探ることが出来るのは何よりであった。

幸い客分の隆三郎は、三喜右衛門の身内としては、まだあまり顔を知られていない。

「そんなら元締、お春とお梅を時折お借りしても好いですかい。あの二人は随分と役に立ちそうなんでね」

と、伺いを立てた。

「それは隆さんに任せるが、せっかく好い仲になりそうなのに、お春姐さんに嫌がられねえかい？」

「いや、あの姐さんは義理堅い上に、ちょいと危ねえところを覗《のぞ》き見るのが大好きときてる……」

「一緒に修羅場を潜《くぐ》ることで、仲が深まるってところかい」

「仰《おっ》しゃる通りで」

「だが、いくら妲己《だっき》の姐さんでも、あんまり危ねえ真似はさせたくねえなあ……」

「そこんところは、ほどよく当らせてもらいますよ」

「そうかい。隆さんのことだ、抜かりはねえだろう。頼んだよ……」

こうして柳之助は、千秋、お花と共に動くことを得た。

既に千秋は密《ひそ》かに〝駒井〟を出た松三の後をつけ、彼の居処を確かめていた。

お春、隆三郎の昼の一時は相変わらずお豊の厚意で続いていて、松三が俄《にわか》に〝駒井〟に現れ、一騒動起こった時、二人はちょうど一緒にいた。

そこからは阿吽《あうん》の呼吸で二人は分かれた。

柳之助は隆三郎として三喜右衛門に付き、千秋は松三を確かめてから店の表で待機した。

さらにお花が、千秋の傍に付き従った。

三喜右衛門一家としては、一人で話をしに来た松三の後をつけるような真似はしたくない。

どんと構えて、来るなら相手をして、去れば追わずが三喜右衛門の信条である。

だが隠密の柳之助としては、松三を探っておかねばならない。

こんな時に、千秋とお花がそっと動いてくれるのは実にありがたい。

千秋とお花が二人がかりで当れば、松三の行方などすぐに突き止められた。

お花は、ひとまず経堂《きょうどう》分家屋敷の小さな賭場で、試しに壺振りをすることになっていた。

千秋は姉としてそれに付き添い、柳之助もこの機会に賭場を見廻ってもらいたいと礼蔵に言われていたので、隠密三人が顔を合わす絶好の場となった。

「松三は、巣鴨原町《すがもはらまち》の植木屋に厄介になっています」

そこで千秋が柳之助に報告した。

そこは大きな植木屋で、裏手の庭では植木の栽培などが行われている。その広大な園の一隅に番小屋があり、松三はそこに仮寓《かぐう》しているのだ。

小屋には数人の荒くれがいたという。

柳之助は早速、これを分家屋敷の賭場に客として潜り込む九平次に報せ、外山壮三《とやまそうざぶ》郎《ろう》への繋ぎをとった。

さらに自らも、件《くだん》の番小屋を見張り、出入りしている荒くれ達の様子を確かめた。

だが、そこにはあの日矢場で騒ぎを起こした連中の姿は見当らなかった。

「松三は、その都度人を雇って暴れさせているのでしょうね」

千秋はそのように見た。

お花はしかつめらしい表情で、

「とにかく騒ぎを起こして、揺さぶりをかけてくるつもりなのでしょう」

と相槌《あいづち》を打ったが、口許が綻《ほころ》んでいる。

千秋の手助けをして、隠密の仕事をこなしている時が、お花にとっては何よりも楽しいのであろう。

その熱情はたちまち千秋に伝わり、自分がお花に後れをとってはならないとばかりに、

「旦那様……。いや隆さん、あたしは何をすりゃあ好いんだろうねえ。場合によっちゃあ、御屋敷の内を探りますよ」

柳之助に迫ってくる。

松三の後ろ盾になっているのは、経堂甚之丞《じんのじょう》ではないのか――。

柳之助はそのように思い始めていた。

ここ何年も、甚之丞は三喜右衛門に屋敷の一部を貸すことで月々まとまった金を得ていたが、三喜右衛門が身を引くのなら、自分が直《じか》に賭場を仕切った方が金になると野心を抱いている。

その傀儡《かいらい》として松三を動かさんとしたところ、三喜右衛門は塙政之助とつるみ始めた。

となれば、この話が御破算となるように、松三をそっと裏で支えて波乱を起こしてやろう――。

甚之丞がそう考えたとておかしくはない。

そもそもが無頼旗本で、三喜右衛門に金で押さえつけられた殿様だ。

三喜右衛門とて、黙ってはいるがそう考えているはずだ。

御用聞きの大塚の房五郎も、以前から礼蔵にその懸念を伝えていた。

かくなる上は、経堂屋敷の奥向に忍び込んで甚之丞の動きを盗み見るのはどうであろうと、千秋は柳之助に耳打ちするのである。

「今はまだそれはできねえよ……」

柳之助は先走りを戒めた。

本来、旗本屋敷に町方役人は踏み込めない。

だが、違法に屋敷の一部を貸す賭場になら隠密として潜入するのも許されよう。

南町奉行・筒井和泉守《つついいずみのかみ》は、そのような判断をもって、芦川柳之助を三喜右衛門一家に潜入させているのだ。

経堂甚之丞とて千石取りの直参旗本であるから、隠密廻り同心の配下が、奥向にまで潜り込んで探索するのは、慎まねばなるまい。その理屈は千秋にもわかる。

「こういうところ、お役人というのは、まどろこしゅうございますねえ」

と残念がったものだ。

そしてその後、柳之助、千秋夫婦は一層気を揉むことになる。

松三が身を寄せている植木屋について、南町奉行所同心の外山壮三郎が調べたところ、そこは経堂家出入りの植木屋で、かってはそこの娘が行儀見習いに、経堂屋敷に奥女中奉公に上がったりしていたという。

おまけに植木屋がある巣鴨一帯は、三喜右衛門一家の縄張りの外であった。

さらに、経堂屋敷にはなかなかに立派な武芸場がある。

甚之丞はそこに何人もの剣客《けんかく》浪人を出入りさせ、

「武芸の奨励に日々努めておる」

などと声高に喧伝《けんでん》して、番方の役付になる足がかりにせんとしているらしい。

しかし、剣客というのは怪しいもので、罪を犯した不良浪人を、一時期匿《かくま》うための方便《ほうべん》にしているという噂も出ている。

もちろん不良浪人達から匿い賃を取っているのだが、これがなかなかの稼ぎになっているというのだ。

初めのうちは三喜右衛門に何もかも預け、賭場代だけを得ていた甚之丞であるが、近頃は藍太郎《あいたろう》が知恵をつけるのか、己《おの》が身分の特権を逆手に取った裏稼業に手を染めているのである。

これはますます怪しい。

松三の後ろには経堂甚之丞が付いていて、不当に稼いだ金で操っているに違いない。

経堂家分家屋敷の賭場で、柳之助、千秋、お花は人目を忍んでこの先の行方を語り合った。

「経堂の殿様の狙いは何なのでしょう?」

「松三なんて、大して役にも立ちそうにないと思いますが……」

千秋とお花は首を傾《かし》げていた。

しかし柳之助は、

「いや、殿様にしてみれば、松三は役に立つ男なんだろうよ」

と言う。

「本人は一端《いっぱし》の親分になった気でいるんだろうが、暴れ廻るしか能がねえ奴だと殿様は見切っていて、いつでも使い捨てにできると思っているんだろうな」

「暴れさせるといっても、音羽の元締はびくともしないのでは？」

千秋は松三を使い捨てにして、次に暴れさせる者を選んだところで、同じことではないかと思っていた。

それはお花も同じ考えであったが、

「松三を暴れさせるのは、何よりも塙政之助との取引を潰したいからさ」

と柳之助は読んでいた。

三喜右衛門と塙政之助の間の取引は、順調に進んでいると思われた。

いったい幾らで政之助が譲り受けるのか、そこまでは聞かされていないが、二千両くらいの金が動くのであろう。

しかしその額は、〝今の縄張りの価値〟である。

今の縄張りは、三喜右衛門によって盤石に治められている。

だが、方々で騒動が起これば、価値が下がる。

政之助は利をもって動く男である。

三喜右衛門が身を引いただけで、よからぬ連中が騒ぎ出すのであれば、それを押さえるのに金もかかる。

若くて、野望や夢の多い男ならば、それでも買い取って、これから先の発展にかけるであろうが、

「塙政之助は既に、一身代《しんだい》築いている四十を過ぎた男だ。危ねえことに今さら手を染めるつもりはねえだろうよ」

取引そのものがなくなってしまうかもしれない。

そうなったところで、経堂甚之丞は新たな策をもって、三喜右衛門の縄張りを掠《さら》ってやろうと企《たくら》んでいるのではないだろうか。

柳之助はそこまで先を見ていた。

「なるほど、さすがは旦那様……、いえ、隆さんは大したもんだねえ」

千秋は話を聞くと、顔を朱に染めて柳之助を見つめた。

――こんなところで、いちいち惚れ直さなくても好いってもんだ。

お花はそんな千秋を冷めた目で見ていた。〝隠形術《しのび》〟において類い稀《まれ》な才を持つ千

秋だが、

——さすがは旦那様。

などという恋情が込み上げた途端に、術は脆《もろ》くも解けてしまう。そんな時は、

——これ千秋。

と、戒める柳之助であるが、この旦那様の表情もどこか浮ついている。

——いつまでいちゃついているんだろうね。この夫婦は。

だからこそ、自分のような冷めた目を持つ者が傍に付いていなければならないのだと、お花は胸を張るのであった。

（五）

三喜右衛門は、どこまでも泰然自若としているが、芦川柳之助は千秋、お花と共に落ち着かなかった。

今は壺振り姉妹の用心棒のように賭場を見廻る柳之助は、少しばかり周りの者から、顔を覚えられる存在となっていた。

だが、状況はとにかく複雑である。

三喜右衛門の縄張りの内、三ヶ所の賭場は経堂甚之丞の手配によって、旗本屋敷の一部を借りて開かれている。

そして、そこが直営の稼ぎどころで、何処《どこ》よりも収益があがり、はみ出し者の更正施設でもあった。

しかし、貸主が密かに反乱を企てているとなれば、落ち着いて仕事などしていられない。

疑心暗鬼を覚えながら、一家の者達は賭場を開かざるをえなかった。

そのような中、分家の賭場で事件が起きた。

お花が礫のお梅として壺を振り始めてから二日目のことであった。

千秋は、九尾のお春として、妹のお梅の壺振り指南をしてから、また経堂家本家の屋敷へ行って壺を振るという売れっ子ぶりを見せていたのだが、ここ二日、職人風の客達に紛れて、叔父の勘兵衛《かんべえ》が賭場に来ているのを認めていた。

勘兵衛は、江戸橋にある〝よど屋〟という船宿の主人であるが、〝将軍家影武芸指南役〟の弟として数々の武芸を極めている。

何かことあらば、兄・善右衛門《ぜんえもん》の助けとなって働かねばならぬのだが、近頃は姪《めい》の千秋が夫を助けて、見事に影武芸を発揮しているのが羨ましくて、何かというとおもしろがってお節介を焼いてくる。

とはいえ、船の扱いにも長け、ここぞというところで頼りになるので、近頃は柳之助も勘兵衛だけには千秋の役目を打ち明け、時に協力を求めている。

この度の潜入については、特に頼みごとをしていたわけではなかったが、お花までもが出動したと知り、じっとしていられなかったのであろう。

小博奕《こばくち》の賭場に客として潜り込むことなど、勘兵衛にとってはわけもない。

千秋とお花が巧みに壺を振る姿を見て、ニヤニヤとしながら駒を張るのだ。

——まったくやり辛い。

千秋もお花も、勘兵衛を見た時は辟易《へきえき》したが、どういうわけかこの男は実によいところに現れる。

不思議な安堵《あんど》を覚えると共に、何か起こるかもしれないという胸騒ぎが起こった。

すると、裏木戸が騒がしくなり、

「この野郎！　相手になってやるぜ！」

屈強なる若い武士が三人、賭場に殴り込んできた。

「何しやがるんでえ！」

三喜右衛門一家の若い衆が気丈に立ち向かったが、三人は手にした木太刀を揮い、たちまちのうちに叩き伏せた。

客達は逃げまどい、三人は盆茣蓙《ぼんござ》を荒らした。

だが、三人共、賭場の金には一切手を付けないし、客と女には手を出さない。

この時、柳之助は外で密偵の九平次と繋ぎを取っていたのだが、分家屋敷に異変を覚えて駆け付けた。

だが柳之助の出番はなかった。

中で一切敵を寄せつけずに暴れ回っていた三人の武士に、

――こうなったら仕方がありません。

千秋がお花に目で合図して、帳場にあった棍棒《こんぼう》で立ち向かったのだ。

「客と女に用はない！」

「下がれ下がれ！」

「怪我《けが》をさせたくない！」

三人は根っからの無法者ではないようだ。

と言って、賭場を荒らされるのは防がねばならない。

「そっちこそ、怪我をしないうちに帰りなさい……」

千秋がツツッと前に出ると、一人の喉元に棍棒を突きつけた。

「うッ……」

いつの間にか己が間合に入られていたことに、この武士は目を丸くした。

しかし、それも偶然だと思い直したか、

「おのれ……」

千秋の棍棒を払いのけて、打ち落してやろうとしたが、彼の木太刀は空を斬り、いつの間にか左へ回り込まれ、左肩を打たれていた。

「な、何と……」

驚いたことに、お花と対峙《たいじ》した一人も、同じく右肩を叩かれていた。

「手加減はいたさぬぞ！」

三人の武士は、余ほど腕に覚えがあるらしく、女二人に後れを取るなど、あってはならないことのようだ。

今一人の武士がいきり立ち、猛然と千秋に打ち込んだ。

千秋はさっと間合を切ったが、こ奴は出来ると、緊張を浮かべた。

「えいッ！」

そこへお花が打ち込んだ。

見事な小太刀の一刀であったが、武士は苦もなく払いのけた。

これに呼応して、打たれた二人が息を吹き返し、木太刀を構え直した。
平青眼《ひらせいがん》、なかなかに隙がない。
千秋とお花も気合を入れ直さねばなるまい。
その時であった。
「お相手いたしましょう」
客の一人が棍棒を構えた。
よど屋勘兵衛であった。
——叔父さんは引っ込んでいてちょうだい。
と、千秋は目で告げたが、勘兵衛は、
——この三人は手強《てごわ》いぞ。
と、目で応えた。
柳之助もそれに気付き、慌てて九平次と参戦しようとしたが、
「それッ！」
とばかりに、勘兵衛が目の覚めるような突きを武士の腹めがけて繰り出した。
「うむッ！」
武士はかわしたが、勘兵衛の手並みに瞠目《どうもく》した。

勘兵衛はかわされると知りつつ、その一刀で相手を動揺させ、

「それ、それ、それ……！」

と、上下に打ち分けて、武士の二の腕を丁《ちょう》と打った。

他の二人は敵《かな》わぬと見た。

そこへ、千秋とお花、さらに柳之助と九平次が棒切れを手に打ち込んだので、

「退《ひ》け！」

三人は無念の表情を浮かべて賭場から駆け去った。

これを九平次が追ったが、この三人は見事な脚力で、武家屋敷街の小路《こみち》を駆け去り、
たちまち姿を消してしまったのである。

（六）

すぐに〝駒井〟の一間で、三喜右衛門を中心に対策が練られた。
分家の屋敷の賭場は、しばらく閉めることにした。
分家屋敷はそれなりの広さはあるが、三百石取りの旗本家には、奉公人も少なく、
ここの中間《ちゅうげん》が自分の屋敷内に騒ぎを起こさせるために、企みごとをしたとは思えなか

った。

「三人の武士が……」

話を聞いて三喜右衛門は首を傾げた。

今、彼の前には礼蔵、弥助と共に、柳之助、千秋、お花が居並んでいる。

「相当腕が立つ三人だったというが、大したもんだねえ、姐さん方は……」

そして、千秋とお花の奮闘ぶりを称《たた》えて、

「いやいや、まったく頭が下がる。ありがとうよ」

頭を下げた。

礼蔵と弥助がこれに倣う。

千秋とお花は戸惑った。

元締の三喜右衛門ほどの男が、まだ年若の女二人に頭まで下げることへの感動もあるが、あまり腕が立つと知れるのは具合が悪いのではないか、それが心配であったのだ。

二人はしどろもどろになりながら、

「いえ、ただ夢中で棒を振り回しただけでございます」

「それに、隆さんも助けにきてくれましたから……」

言い繕いながら柳之助を見て、助け船を求めた。

柳之助は、二人の想いを汲《く》んで、

「いやいや、おれが助けるまでもなかったよ。賭場のお客で滅法腕の立つお人がいたからよかった……」

と、勘兵衛の加勢を持ち出した。

勘兵衛は見事な腕を見せた後、いつの間にかいなくなっていた。

千秋とお花は頷いて、

「そうでした。惚れ惚れするほど腕の立つお客人が助《すけ》っ人《と》をしてくださいまして……」

「この人には敵わないと思って、三人は逃げたのでしょうねえ」

と、皆で勘兵衛のせいにした。

こういうところ、勘兵衛の存在はありがたいのだ。

「ほう、お客人にそんな人が？」

三喜右衛門は、柳之助を見た。

「へい、元はお武家だったんでしょうねえ。黙って博奕を楽しんでいたんですがね。ひと度棒切れを振り回したら、強《つえ》えのなんの」

「で、そのお人は？」

「気がついたらいなくなっておりやした」

「そうかい。あまり関り合いになりたくはなかったんだろうが、今度見かけたら、ここへお連れしておくれ」

「へい、承知いたしました」

これで、千秋とお花の武勇伝はひとまず終わったが、実に謎の残る襲撃であった。

柳之助は松三の差し金かと思ったが、三人の武士は荒くれの不良浪人とは思えなかった。

客と女には手出しはせず、

「この野郎！　相手になってやるぜ！」

と、叫んで入ってきたという。

覆面をしていたわけでもなく、正々堂々たる殴り込みであったように思えた。

賭場に散らばる金には目もくれず、ただ暴れに来たというより、何かの仕返しに来たような風情であった。

礼蔵は一通り話を聞くと、

「どうも解せねえ……」

彼もまた頭を捻《ひね》った。

「連中は、殴り込むところを間違えたんじゃあねえですかねえ」

柳之助が言うと、

「まさかそんなことはねえだろう」

礼蔵はふっと笑った。　弥助も相槌を打ったが、

「いや、隆さんの言う通りかもしれねえや」

三喜右衛門は柳之助の推測に頷いてみせた。

「とすれば誰と間違えたのか……」

首を傾げてばかりの礼蔵であったが、

「なるほど、松三が三人にわざと喧嘩を売りやがった……」

と、身を乗り出した。

松三はこのところ、経堂家の中間・藍太郎に取り入って、経堂屋敷をうろうろとしていた。

それで連中は、そこにいるものだと思って殴り込んだのかもしれない。

「そんなところかもしれねえが、いずれにせよ、三人の若い武家は消えちまったんだろう。何が本当かはわからねえや」

だが、賭場をひとつ閉めるはめに陥ったのは確かであった。

すんなりと、塙政之助に縄張りを譲るつもりが、ひとつけちがついてしまった。

松三の申し出をにべもなく撥《は》ねつけた直後の騒動だけに、松三絡みではないかと思われるが、確たる証拠はない。

なんとも苛々《いらいら》する話だが、

「元締、あっしと壺振りの姐さん二人、賭場にいた若え衆は、三人の面《つら》を拝んでおりやす。奴らはこの界隈にいて、何か企んでいるかもしれやせん、手分けして探してみましょう」

柳之助はそのように申し出た。

「そうしてくれるかい。今度のことは、このまま放っておくわけにはいかねえ。二本差しを恐がっていると思われちゃあ、こっちも立つ瀬がねえや」

三喜右衛門は神妙な面持ちで、柳之助の申し出をありがたく受けた。

これでますます千秋とお花の力を借りて、悪党の探索が出来る。

それにしても、三喜右衛門が元締から身を引くとの噂を耳にして、

「何かが起こる」

と、柳之助を潜入させた奉行・筒井和泉守の炯眼《けいがん》と決断は、真《まこと》に大したものだ。

今はまだ、ちょっとしたせめぎ合いでことが進んでいるが、やがて何かとんでもない悪党の姿が浮かんでくるのではないか――。

柳之助の心は逸《はや》っていた。

とはいえ、件の三人の武士の探索は容易ではあるまい。

その夜の内から始めようといきり立ったが、三人の武士が誰かは、すぐにわかることになった。

〝駒井〟に、四十絡みの武士が訪ねてきて、三喜右衛門に面談を請うたのである。

（七）

賭場での騒動があっただけに、武士のおとないはさらなる緊張を呼んだ。

だが、訪ねてきた武士は、香田仁兵衛《こうだにへえ》と名乗り、腰には脇差だけを帯びていて、いたって丁重な案内の請い方であるという。

「香田仁兵衛……」

三喜右衛門は、やや思い入れあって、

「会おう。すぐにお通ししておくれ」

と言って、仁兵衛を座敷に上げて応対した。

この度も柳之助は、礼蔵と共に隣室に詰めて、成行きを見守った。

さらにその隣の部屋には、千秋とお花がお豊と共に詰めて、いざという時に備えた。

だが対面してすぐに、三喜右衛門の笑い声が聞こえてきた。

「ははは、やはり先生でしたか」

どうやら以前に会っているらしい。

「覚えていてくれましたか」

仁兵衛は静かに言った。

「ええ、余計なことをしてしまったのではなかったかと、気になっておりました」

三喜右衛門は頭を掻《か》いた。

「余計なことなどとは、とんでもないことでござる。もっと早う訪ねて、あの時の礼を言わねばならぬと思いながら、まだ道半ばでござってな。気後れいたしておりました……」

仁兵衛は深々と頭を垂れた。

二人が出会ったのは十年前のことだ。

仁兵衛は一刀流を修める剣客であったが、貧しい浪人の子に生まれた上に、世渡り下手であったため、なかなか剣術で世に出られなかった。

歌舞音曲の類のように派手ではないものの、剣術もまた習いごとのひとつである。

謝礼や束脩《そくしゅう》に加えて、竹刀や道具を揃える掛かりが要る。

貧乏浪人は、日々暮らしていくのさえ大変であるというのに、剣術修行のために費やせる金などなかなか捻出出来ない。

腕はよくても、免状ひとつ取ることが難しければ、なかなか剣客として売り出せず、世に出られない。

たまさかに仇討《あだう》ちの場に出くわし、助太刀をして存分に働けば、そこから一気に剣名があがりもしようが、そんな好運に巡り合えるはずもない。

人に剣を認められるのも、金次第というわけだ。

――これではいかん。まず金を貯《た》めてからしかるべき道場へ通い、名の通った師匠の弟子とならねば、おれはいつまでたっても世には出られまい。

仁兵衛はそう思い立ち、内職などしていても埒が明かないと、危ない仕事に手を染めんとした。

板橋《いたばし》の宿で、やくざ者同士が揉めていて、一方の用心棒を務めれば、まとまった金が手に入ると、人に勧められたのだ。

喧嘩になったからといって、命までかけることはない。適当に腕を見せておいて、危なくなれば逃げたらよいのである。

というより、やくざ者同士も命あっての物種で、互いに威嚇をし合い、よきところで手打ちになるのに決まっている。

半年も辛抱すれば、好い金になると教えられて、仁兵衛はこの話を受けた。

既に彼は三十を過ぎていた。この辺りで己が剣の実力に加えて、金を上手に使って、剣術師範の道を歩まんと切に願ったのだ。

だが、板橋の宿へ向かう仁兵衛の足取りは重かった。一歩進む度に、

――おれはこんなことをしていてよいのであろうか。

自責の念に駆られたのだ。

本来、剣術は殺し合いの道具として生まれたが、長年にわたって武芸者達は、そこに祈りを込めてきた。

人の生死に関わるものだけに、軽々しく使わないという意志を持たんとしたのだ。

ゆえに師範たる者は、それを人に伝えていく正義を備えていなければならない。

泰平の世にあって、己が邪《よこしま》な欲得のために武芸を使うなどもっての外である。

仁兵衛自身は、立派な剣術師範となって、なかなか世に出られずにあがき苦しんで

いる剣士達に希望を与えてやりたいという志を持っていた。そのために金がいるのだが、

──おれを雇うやくざ者は、邪な欲得のために、剣を使うつもりなのだ。

そんな想いが募る。

音羽の大塚町にさしかかった時、仁兵衛は酒を飲みたくなった。飲めば勢いがついて、板橋へと勝手に足が動くのではないか。

そう思って一軒の居酒屋へ入った。

そこで三喜右衛門と出会ったのだ。

縄張り内をぶらぶらと一人歩きをして、誰かを捉《つか》まえては話をする。三喜右衛門の日常はその頃から変わっていない。

「先生……、お一人で？」

この時も、三喜右衛門はにこやかに、仁兵衛に声をかけた。

「いかにも……」

仁兵衛は、三喜右衛門の笑顔にふっと心が和んだ。

「あっしも一人でさあ。よろしければ、ほんの少しだけご一緒に……」

盃《さかずき》を掲げてみせられると引き込まれて、

「うむ、ならば一献《いっこん》……」

いつしか二人で酒を酌み交わしていた。

仁兵衛にしてみれば、一人で飲んでいるとかえって自責の念に駆られる。見れば趣《おもむき》のある男である。一緒に飲めば心も弾んで、板橋へすんなりと行けるのではないかと思ったのだ。

三喜右衛門は特に何を話すわけでもなく、日常にありふれた話をおもしろおかしく言葉にする。

仁兵衛はそれに心が落ち着いた。

日常当り前に思っていることも、見方を変えれば胸躍る事柄となる。

自分は心に余裕がないから、物の見方を変えられないのであろう、そんな気持ちになってきた。

「何ゆえ、おぬしはわたしと一杯やりたくなったのかな」

仁兵衛は問うた。

見ればこの五十絡みの男は、大した人物なのであろう。それが何ゆえ、さほどおもしろみのない自分に声をかけてきたのかが不思議に思えたのだ。

「先生が、きちんとしたお人だからですよ」

三喜右衛門は即座に応えた。

「わたしがきちんとしている?」

「ええ、店に入っておいでになって、酒と肴《さかな》を頼む時も、運ばれてきた時も、物言いにひとつもぶったところがなくて、言葉の中に〝すまぬ〟とか〝ありがたい〟とか、やさしい気持ちが込もっておいでだ。あっしは、そういうお人を見かけると、思わず声をかけたくなるんですよ」

「なるほど……。そう言われると嬉《うれ》しゅうござる」

「それから……」

「何かな?」

「考えごとをなさっていたような気がしましてね」

「考えごとを? ははは、そうと知りつつ声をかけるとは、おぬしも人が悪い」

「お邪魔とは思ったのですがね。考えごとをしているお人が話し相手になってくださると、大抵おもしれえんですよ。何というか、味わいがあって」

「おぬしの言いたいことはわかるような気がするが、今日ばかりはしくじったな」

「と、仰しゃいますと?」

「確かにわたしは考えごとをしていたが、こうして話したとて、何もおもしろくはなかろう」

「そんなこたあございません」

「ほう……」

「話がおもしれえから一緒に飲んでもらいたいわけじゃあねえ。志を持ったお人と言葉を交わしていると、心が落ち着くんですよ」

「わたしに志があるとわかるのか？」

「へえ」

「何故《なぜ》わかる？」

「言葉じゃあ言えませんよ。先生は、やっとうを長年やっておいでのようで」

「いかにも」

「励み方に一本筋が通っている。そのようにお見受けいたしました。あっしのような者は、筋が通っているようで、その実何も通っちゃあいねえ……。そんな渡世に身を置いておりましてね。先生みてえなお人を見ていると、ほっとするのでございます」

「そいつは買い被《かぶ》り過ぎだ」

「あっしも音羽の三喜右衛門だ。これでも人を見る目はありますよ」

「音羽の三喜右衛門……」

「ご無礼ながら、先生は……」

「香田仁兵衛と申す」

「香田仁兵衛様……。この先立派にお成りになるんでしょうねえ。考えごとがまとまったら、いつか桜木町の〝駒井〟という料理屋をお訪ねくださいまし。あっしはそこのおやじでございます」

「わかった。きっと訪ねよう」

三喜右衛門と仁兵衛は、そうして別れた。

仁兵衛は板橋へ行くのを止《や》めた。

その時は、音羽の三喜右衛門が何者か知らなかったが、大した男に違いないと確信した。

三喜右衛門から、〝励み方に一本筋が通っている〟と言われると、これから板橋へ行ってやくざ者の用心棒になる気が失《う》せたのだ。

「志を持ったお人と言葉を交わしていると、心が落ち着く……」

正に剣術師範にあるべき資質ではないか――。

手っ取り早く稼いだ金で師範になれたとしても、一生その本質に迫ることは出来ないであろう。

仁兵衛はそう思い直して、焦らず己が剣を見つめ直し、それから地道に修行を続けた。

　すると、世の中はおもしろい。

「古武士とは、香田仁兵衛のような男を申すのであろう」

　そんな評判が広まり、出稽古を望まれることが増え、いつしか剣一筋で暮らしていけるようになった。

　そうして一年前に、〝駒井〟からはさほど遠くない関口台町《せきぐちだいまち》に小体ではあるが道場を開き、弟子も十人近く取るようになったのである。

（八）

「香田先生、それはよろしゅうございましたねえ。わたしも声をかけた甲斐《かい》があったというものだ」

　話を聞いて三喜右衛門は大いに喜んだ。

　明るい報せであり、待望の再会であった。

　しかし、一年前に関口台町に道場を構えていたとは知らなかったと、三喜右衛門は恥じる想いであった。

　その辺りも縄張り内ではあるが、息のかかった店があるわけでもなく、近くにいながら三喜右衛門も足を運ぶことなどなかったのだ。

「道場をお開きになったなら、すぐにお越しくだされぱよかったというもので……」

「いや、まだ道場と言えたものでもなく、剣術師範にはほど遠い有り様でござって、お訪ねするのも恥ずかしいと、二の足を踏んでござった。ましてや、あれから元締の噂を耳にして、気安うには行けぬと……」

「それが今なら、訪ねても好いというお気持ちになられた？　そいつは目出《めで》てえや」

「いや、それが目出たくないのでござる」

仁兵衛は顔を伏せた。先ほどから彼はずっと打ち沈んだ表情であり、三喜右衛門はそれが気になっていた。

「目出たくない？　そんなら今は何をお話しに？」

「詫びに参ったのでござる」

「詫びに？　ますますわからなくなってきましたぜ」

「経堂様の分家屋敷へ殴り込んだという三人の武士は、わたしの弟子でござる……」

仁兵衛は深々と頭を下げた。

「何ですって……？」

「改めて、三人の者を連れて参った上で、お詫びいたしとうござるが、まず訳をお聞き願いとうござる」

「お聞きいたしましょう」

三喜右衛門は真顔となって頷いた。

分家屋敷の賭場を襲ったのは、温水岩太郎《ぬくみずいわたろう》、根岸兵馬《ねぎしひょうま》、野川森蔵《のがわもりぞう》の三人であった。

三人はいずれも仁兵衛の門人、二十歳にもならぬ若者である。

貧しい浪人の子に生まれ、剣に生きんとするものの思うに任せない、仁兵衛の若い頃と同じ境遇にいたのを、仁兵衛が拾い上げたのだ。

三人はこれまで自棄を起こし、他道場の剣士達に喧嘩を売って立合を望んだり、随分と荒《すさ》んでいて素行も悪かったが、仁兵衛によって立ち直った。

正義が何たるかを考え、剣術を喧嘩の道具にすることなく、日々修行に励んでいたのである。

ところが先日。岩太郎の弟で、まだ十五の鉄次郎《てつじろう》が、通りでいきなり破落戸《ごろつき》数人から暴行を受けた。

岩太郎が駆けつけると破落戸達は一斉に逃げた。

「鉄次郎！　しっかりしろ！」

岩太郎は鉄次郎を助け起こした。幸い、殴られ、蹴られたものの、何とか自分で歩けるくらいですんだ。

そこへ一人の町の若い衆がやってきて、

「大丈夫ですかい？　奴らは近頃この辺りで暴れ回っている破落戸で、皆が困っておりやすよ」

と、話しかけてきた。

その男の話では、経堂家の分家屋敷で賭場が開かれていて、奴らはそこを仕切っているらしい。

「賭場を仕切る破落戸だと……？」

岩太郎は怒りに震えた。

博奕で金を得ているような奴らが、人様に無法を働くとはもっての外だ。

そんな奴らになめられたと思うと腹が立つ。

仲間の兵馬、森蔵に無念を伝えると、

「その賭場に殴り込みをかけてやろうぜ」

鉄次郎も仁兵衛の門人であり、二人は即座に仕返しを誓った。

そもそも三人は喧嘩に明け暮れていた面々である。それから剣術に励み、腕に自信も出てきていた。

師・香田仁兵衛の教えに背くかもしれないが、今度ばかりは後で知れたとて、仁兵衛も許してくれるはずだ。

「正義は我らにある」

そうして岩太郎は、経堂家分家屋敷を、稽古の合間に窺った。

すると案の定、屋敷の裏手に、あの日弟の鉄次郎を痛めつけた連中がうろうろしているのを見た。

さてはここに巣くう破落戸共かと、今度は兵馬と森蔵を伴いやって来ると、屋敷の手前に破落戸の一人がいて、三人の姿を見ると逃げ出した。

「待て、この野郎！」

すっかりと頭に血が昇ってしまった三人はこうなると止まらない。

屋敷の裏木戸は、客の出入りで開いていた。

そこへ破落戸が逃げ込んだのを見て、木戸番を蹴散らして中へ雪崩《なだ》れ込んだ。

すると中間部屋らしき長屋があり、そのまま突っ込むと賭場が開かれていた。

やはりここで御定法破りの博奕が行われていたと見るや、敵を見つけんと暴れ回った。

ところが目当ての相手は見つからぬままに、女壺振り二人に反撃を受け、さらに武芸の心得がある客の一人にも棒切れで打たれ、為《な》す術もなくはね返された。

——どうもおかしい。

三人は、ここに長居は無用と、逆らわず逃げた。

以前に町場で喧嘩をしていた頃の勘が三人には残っていた。

その場は何とか逃げ帰ったものの、

「あれはいったい何だったんだ……」

後で考えると、わからないことだらけで、不安になってきた。

仁兵衛は、そんな弟子達の様子を見て、

——こ奴らめ、何かしでかしたな。

すぐにそれと知れた。

そして厳しく問い詰め、これまでの経緯を三人の弟子達から聞いた。

調べてみると、その賭場が三喜右衛門の縄張り内のものであると知り仁兵衛は驚嘆した。

「お前達は料簡違いをしている……」

鉄次郎が理不尽な目に遭い、それに我慢がならず、仇を討ってやろうと果敢に攻め入った気持ちはわかるが、余りにも軽挙である。

三人が襲った賭場は、音羽の三喜右衛門が仕切っているのだ。

確かに博奕などに手は出しているが、彼の評判は大したもので、実際に会って酒を酌み交わしたことのある仁兵衛が思うに、

「あの御仁の身内に、そのような馬鹿げた真似をする者がいるとは考えられぬ。お前達はきっと騙されたのだ。今はまずじっとしていろ。わたしが詫びを入れてこよう」

仁兵衛は三人の弟子を叱り、諭した上で、三喜右衛門に会いに来たのだという。

（九）

「なるほど、そういうことでしたか……」

仁兵衛からことの経緯を説明されて、三喜右衛門は合点がいった。

「大凡《おおよそ》の察しはつきました。先生のお弟子を痛めつけた者と、通りすがりにそいつらが賭場に出入りしていると伝えた者とが、ぐるだったってわけだ……」

「では、弟子達に賭場を襲うように仕向けた者がいると？」

「先生のお弟子の腕が欲しかったんでしょうよ。金を積んだって賭場荒らしなんてしねえ人達なんでしょう？」

「金で悪事に手を染めるような弟子達ではござらぬ」

「そんな立派な志を持つお武家が殴り込んだとなれば、余ほど腹に据えかねたことがあったのだろうと悪い評判が立って、わたしの賭場の値打ちは下がっちまいます」

「何故そんな手の込んだことを……」

「長く渡世におりやすとね。時折、波風が立つこともございましてね」

「詳しゅうはわかりませぬが、今がその時のようでござるな」

「はい」

「されどそのきっかけを作ったのは我が門人の不覚。元締、わたしがこの落し前をうけましょうほどに、何卒《なにとぞ》、門弟達をお許しくだされ……」

仁兵衛は頭《こうべ》を垂れた。

「先生、よしてくだせえ。落し前をつけさせなけりゃあいけねえのは、お弟子を痛い目に遭わせた上に、いっぺえくわせやがった奴らの方ですよう」

三喜右衛門はにこやかに応えた。

「何よりも頭にくるのは、わたしと先生が久しぶりに会うってえのに、嫌な想いをさせやがったってことでさあ」

「忝《かたじけな》い……。わたしの心中も無念やる方ない。かくなる上は、元締をお助けして、存分に戦いとうござる」

仁兵衛は身を乗り出したが、

「先生、そいつはいけませんよ。あん時、あっしが先生に声をかけさせてもらったのは、きれえなものに触れたかったからでさあ。先生は用心棒になるのをやめられたとか。それでもって今じゃあ、お弟子を育てる身にお成りになった。ここで、渡世人の汚《きたね》え争いに巻き込むわけにはいきませんぜ」

「いや、しかし、それではわたしの気がすまぬ……」

「なんの、こうして何もかも話しにきてくださったことで、こっちは随分と助かりましたよ。賭場は荒らされましたが、金を取られたわけじゃあねえし、お弟子も返り討ちにあって、さぞかし悔しい想いをしたでしょうからねえ」

三喜右衛門は、ニヤリと笑った。

元締自身、腕の立つ三人の武士を、乾分以外の者達で苦もなく返り討ちにしたという事実に、

――付きはこっちにある。

と、恐しいくらいの幸運を体で受けとめていたのだ。

「そういえば……。弟子達に質《ただ》したところ、壺振りの二人は大層な腕前であったと感じ入っておりました。いったい何者なのでしょう。いこう気になります」

「ははは、生憎《あいにく》ですが先生、おかしなのが集まってくるのが、わたしの縄張りでござ いましてねえ。いちいちその過去を問わぬのを信条といたしております」

「左様で……」

「ただ、わたしの味方であることは、はっきりといたしております」

「ならばわたしも味方でございます。温水鉄次郎を襲った者と、親切ごかしに近付いてきた者。こ奴らだけは、わたしがそうっと捜し出してみせましょう。こっちにも意地がありますゆえ」

「わかりました。こっちは誰に殴り込みをかけられたか、まったくわからねえという顔をしておきましょう」

「それが片付きましたら、改めて弟子達を連れてお詫びに参りましょう」

「いやいや、それには及びませんよ」

「いえ、それだけはきっちりとさせねばなりませぬ」

「では、わたしが先生の道場に伺いましょう。そこで、先生のご指南ぶりを見てみとうございます。詫びてくださるのなら、そこで、ちょいちょいとしてやっておくんなせえ」

「いや、ちょいちょいとではなく、しっかりと詫びさせまする！　さりながら、委細畏《かしこま》ってござる……」

仁兵衛はそれ以上、何も言わなかった。

いつか会ってあの日の思い出話をして、礼を言おう――。

それが思わぬ形で実現した。

残念ではあったが、これまでの歳月を思うと胸がいっぱいになり、泣けてきて、声が詰まったのだ。

「先生、一杯やりましょう。わたしはねえ、きちんとしたお人を見ると、声をかけて一杯やりたくなるんですよ……」

三喜右衛門の声も、しっとりと濡《ぬ》れてきた。

「お～い！　一杯お持ちしろい！」

酒を申しつけるその声を、お豊は隣室で聞いた。

隣室には礼蔵と、柳之助が詰めていたが、いつしか、そこへお豊が今日の殊勲者である、千秋とお花を伴いやってきて、一緒に耳を澄ましていたのだ。

「はい！　ただ今……」

と応え部屋を出るお豊の声も涙ぐんでいた。

礼蔵の目もしとど濡れている。

先日、礼蔵は柳之助の前で涙を見せていたところであるから、決まりが悪かろう。

もちろん、柳之助も千秋もお花も、三喜右衛門と香田仁兵衛とのやり取りにそっと耳を傾けていたのだが、漂う緊張が解け、人生の奥儀をきわめた男二人の、ほのぼのとした言葉のひとつひとつが胸に刺さっていた。そして、聞くうちにえも言われぬ感動に襲われていたのだが、隠密三人が一緒になって泣いているのも何やら滑稽である。

「礼蔵さん、あっしは部屋で姐さん達と一杯やっておりますので、何かあったら声をかけてやっておくんなさい」

と声をかけ、柳之助は二人を促し、寄宿している部屋へと入った。

「この度は妙なお務めになりましたね……」

お花がぽつりと言った。

千秋はにこりとして頷くと、

「ここに助っ人に入れということなのでしょうかねえ」

潤んだ目で柳之助を見た。

「いっそ暇《ひま》を頂戴して、皆で身内にしてもらうかい？」

柳之助の囁《ささや》きが、万更《まんざら》でもない千秋とお花であった。

「元締は大したお人だな」

「はい……」

夫の言葉に千秋は神妙に頷いた。

三喜右衛門一家には、むくつけき用心棒などいない。

それが不思議であったが、そもそも不要なのだ。

三喜右衛門が動くと、勝手に助っ人が現れる。

今やその一員になってしまった三人だが、これがまた心地よい。

どこからか廻し者が入り込んだなら、そ奴にも働いてもらえばよいではないか――。

もしかすると、三喜右衛門は三人の上手《うわて》をいっているのかもしれない。

それならそれで、とことん付合ってやる。

隠密となって、同じことを考え、共に戦うことに幸せを覚える……。柳之助と千秋もまた実に不思議な夫婦であった。

第四章　大旦那

（一）

天上に黒い雲が漂っている。

雲間から射《さ》し込む淡い光さえなく、朝から江戸の町は鬱々としていた。

昨日の雨に続いて、この日も今にも降り出しそうな空は、何やら怒っているように見える。

今年もそろそろ梅雨《つゆ》入りになりそうだ。

不穏な気配は、料理屋〝駒井《こまい》〟にも漂っていた。

久保町《くぼちょう》の金貸し・塙政之助《はなわまさのすけ》が、昼前に三喜右衛門《みきえもん》を訪ねていた。

いつものように、両輪と恃《たの》む久万之助《くまのすけ》と長太郎《ちょうたろう》を従えてのことである。

日頃は口許《くちもと》に笑みを絶やさない政之助も、この日はぎゅっと顔を引き締めて、一刀流の遣《つか》い手という別の表情を醸していた。

迎える三喜右衛門は、礼蔵《れいぞう》だけを隅に控えさせ、衣服も改め威儀を正していた。

先日来の縄張り内での騒動について、これから政之助に説明せんとしているわけだが、どんな時でも三喜右衛門の穏やかな表情は変わらない。

この日の会合はいささか緊迫した状況の中でのものだけに、三喜右衛門の悠然とした風情はかえって凄《すご》みを秘めている。

海千山千の政之助も、顔を合わせた瞬間から、貫禄《かんろく》の違いを見せつけられたような気がして、引き締めた顔がなかなかほぐれず、彼にしては珍しく、苛々《いらいら》としていた。

それでも利をもって割り切り、利をもって互いに仕事を上手に進めていくのが、政之助の信条である。三喜右衛門に呑《の》まれぬよう、彼もまたいつもの口調で、一通りの挨拶を終えると、

「元締、いささかおかしなことになってきたようで……」

冷静に話を切り出した。

「まったくで……。ご心配をおかけして、面目ねえことでございます」

三喜右衛門は頭を下げた。

「元締がいよいよ縄張りから手を引くと、噂《うわさ》が広まった途端に騒ぎを起こす者が出てくる……。それだけ元締の力が認められていたということでしょうが、これではねえ」

「旦那の仰《おっ》しゃる通りで……」

「わたしは元締ほどの貫禄がない分、お引き受けしたとしても、すっかりと元に戻すのに手間暇がかかってしまう。前向きに考えてきましたが、ちょっとばかり後退《あとずさ》りしておりますよ」

「よくわかります」

矢場で暴れた若い連中に引き続き、三喜右衛門一家第三の賭場《どば》では、若い武士達が乱入する騒ぎがあった。

この二件は、まるで違う敵の来襲であったわけで、

「わたしはいったい、どうすれば好《い》いのか……」

政之助は、話が違うと嘆息した。

「元締にこのような話をするのは何だが、今の有り様では、二千両という値はいささ

か高過ぎると思われますな」

「金のことは、旦那が納得してくださるように、この先お話をさせていただきましょう」

「そう願いたい。何ごとも利をもって、すんなりと縄張りが治められるというのが、そもそもの話でござったはず」

「左様で……」

「わたしは、誰にも損をさせないことで、縄張りの安泰をはかりたい。その算段が狂ってしまうと、どこを向いて歩けばよいものやらわからなくなる」

「旦那に引かれちまうと、わたしもこの先ゆったりと暮らせません。なにご心配には及びません、悪い根っ子を断ち切れば、おかしな連中が湧いて出ることもありませんや」

「根っ子を断ち切るか」

政之助は、三喜右衛門の歯切れのよい言葉に、目を見開いた。

「で、その根っ子が何か、確《しか》と見つけたのでござるか？」

「へい。鬼松《おにまつ》……、などと呼ばれて好い気になっている野郎でございますよ」

「鬼松……。そんな男がいることは噂に聞いたことが。そ奴《やつ》が絵を描いていたと？」

「今度のことにつきましては」

「だが、矢場で暴れた連中は、鬼松が日頃連れている乾分《こぶん》ではなかったとか。また、賭場の一件も、襲ったのはなかなかに腕の立つ三人組の若い武士であったと聞いている。鬼松なる破落戸《ごろつき》に、そんな者達を使いこなすだけの器量があるとも思えぬが……」

頭を振る政之助を、三喜右衛門はニヤリと見て、

「さすがは塙の旦那だ。よくご存知で……」

「元締、感心している場合ではござらぬぞ。それくらいの調べができぬでは、元締の跡を継いで縄張りを仕切ることなど到底できまいて」

「ははは、これはご無礼を……。ただの破落戸も、世の中に揉《も》まれるうちに、少しは知恵をつけたのでしょうな」

「その証拠を摑《つか》んだとでも?」

「はい」

三喜右衛門は力強く頷《うなず》くと、

「おい!　連れてこい!」

野太い声で部屋の外へ呼びかけた。

隣室には、弥助《やすけ》と千三《せんぞう》が詰めていた。

客人の隆三郎《りゅうざぶろう》こと芦川柳之助《あしかわりゅうのすけ》も共にいて、すっかりと観念したようにうなだれる若い男を皆で睨《にら》みつけていたのである。

「おい、立て……」

弥助が促し、男は隣室へ引き据えられた。

「ご苦労だったね」

三喜右衛門は男一人を残すよう目で合図をして、柳之助達は一旦その場から引き上げた。

代わりに礼蔵がにじり寄って、

「おい。元締とお客人だ……」

と告げると、肩を強く叩《たた》いた。

「この男は……？」

政之助は怪訝《けげん》な表情で見た。控える久万之助と長太郎も身構えた。

三喜右衛門は礼蔵に頷いてみせた。

礼蔵は畏《かしこ》まると、

「この野郎は、浪吉《なみきち》という間抜けでございましてね。三人の若いお武家にいっぺえくわせた者のひとりです……」

浪吉を睨みつけながら言った。

（二）

浪吉は、伝助《でんすけ》というやくざ者に頼まれて、剣客《けんかく》・香田仁兵衛《こうだにへえ》の門人・温水鉄次郎《ぬくみずてつじろう》を、襲撃した者の一人であった。

香田道場の門人達は、純真にして直情径行の士が多い。

かつては何かというと、他の道場の門人達と衝突し、喧嘩《けんか》沙汰になるほどの荒っぽさをみせたものだが、香田仁兵衛に師事し、その薫陶を受けてからは、態度も改まった。

それでも、理不尽なことには体を張って立ち向かう俠気《きようき》を持ち続けていた。

伝助はその辺りに目をつけて、門人の中でも一番生きの好い温水岩太郎《いわたろう》の弟・鉄次郎を狙うことにした。

近頃、音羽界隈《おとわかいわい》にうろつく若い衆を集めてきて、いきなり難癖をつけ、後ろから棒切れで殴りつけるよう仕向けたのだ。

鉄次郎も剣の筋は悪くないが、まだ十五で、そういう喧嘩には慣れていない。浪吉を含めて四人の若い衆が相手となると、防ぎきれずに、痛手を負った。

「鉄次郎！」

それへさして、弟の受難に気付いた岩太郎が駆けつけた。

しかしこれも想定の内で、浪吉達は相手に顔を売るだけ売ると、一斉に逃げたのだ。

「おのれ……！」

岩太郎は怒りに震えたが、弟を放ってておけなかった。

鉄次郎は、棒切れで腕、肩、背中、腰などを打たれ怪我《けが》をしたが、

「兄さん、無念です。油断をしてしまって……」

と、何とか立ち上がった。その姿は痛々しく、岩太郎は歯噛《はが》みをした。

そこへ通りすがりの者が寄ってきて、

「今逃げていった奴らは、経堂《きょうどう》様のご分家のお屋敷辺りをうろうろしている、ろくでもねえ野郎達ですよう」

と、話しかけてきた。

「忝《かたじけな》し……！」

岩太郎は怒りを胸に、この男の言葉を信じた。

旗本屋敷で開かれる賭場の噂は、以前より聞いていた。

博奕《ばくち》に興をそそられることもなかったし、やりたい者にはやらせておけばよい。

それくらいの感情しかなかったのだが、そこに出入りするやくざ者達に、弟を酷《ひど》い目に遭わされる覚えはない。

経堂屋敷の分家三百石の方へと出向き、そっと様子を窺《うかが》うと、鉄次郎を襲撃した連中がうろついているのを目にした。

逸《はや》る心を抑えると、相弟子で盟友の根岸兵馬《ねぎしひょうま》と野川森蔵《のがわもりぞう》と共に再び出かけた。

兵馬と森蔵も話を聞いて憤っていた。

浪吉は、仲間と共に経堂家分家屋敷をうろついて、岩太郎達を挑発した。

その上で浪吉達は裏の潜《くぐ》り戸から中へ雪崩《なだ》れ込んだ。

分家の中間《ちゆうげん》が番をすることになっているのだが、客はほとんど馴染《なじみ》であるし、分家には奉公人が少なく、もっぱら〝徳利門番〟の体にしていた。

砂を詰めた徳利を縄で括《くく》り、戸の柱に取り付けた鐶《かん》を通して吊《つ》り下げる。すると押せば戸が開き、放すとその重みで閉まるというものだ。

浪吉達はそれを知らされていたので、すんなりと中へ入り、そのままもうひとつの裏木戸から外へ出た。

岩太郎達はこれに引っかかった。破落戸達は賭場に逃げ込んだと思って、殴り込んでしまったのである。

浪吉達は役目を終えて、すぐに町から立ち去ることになっていた。

ところが浪吉は、この襲撃の緊張を抑えるために、前夜桜木町《さくらぎちょう》の遊廓《ゆうかく》に遊んだのだが、馴染んだ敵娼《あいかた》にすっかりと入れ込んでしまった。

すぐに町を出なければいけないのに、ついまた逢《あ》いに行って、酒の酔いと女への自慢が相俟《あいま》って、

「おれはその辺りにくすぶっているけちな男じゃあねえんだぜ。腕と度胸じゃあ誰にもひけはとらねえ……」

などと太平楽を言いだした。

ここは三喜右衛門一家の息がかかった妓楼《ぎろう》である。

遊女は怪しい奴だと思って、

「そいつは大したもんだねえ。どれほどのことをしてのけたんだい。話しておくれな」

浪吉を調子に乗らせた。

「そうさなあ、賭場を荒らしたこともあったぜ……」

「そいつは大したもんだねえ。あたしは強い男が好きなのさ」

おだてられた浪吉は、間抜けにもほどがある。そのまま流連《いつづけ》をしたが、この話は遊女から三喜右衛門一家の平吉《へいきち》へと伝わった。

平吉は香田仁兵衛が元締に詫《わ》びにきた一件を聞いていたのでぴんときた。

それで、柳之助が手負いの温水鉄次郎を同道して、そっと浪吉を見せたところ、

「あの男に違いありません」

と言う。

「野郎！　ちょいと顔を貸しな！」

平吉はいきなり横面をはたいて、

「ど、賭場を荒らしたのは、おれじゃあねえや……！」

慌てる浪吉を、礼蔵の酒屋の蔵に押し込め問い詰めたところ、伝助の名が出てきた。

「伝助、その名に聞き覚えがあるぜ」

礼蔵が問うと、

「鬼松の親分の身内だと聞いておりやす」

浪吉は、ぺらぺらとすべてを話したのだ。

松三にそんな名の乾分がいるというのは聞いたことがあった。

浪吉に特徴を訊《き》くと、あの日鉄次郎が襲われた後、通りすがりに岩太郎、鉄次郎兄弟の傍《そば》へと寄って、

「今逃げていった奴らは、経堂様のご分家のお屋敷辺りをうろうろしている、ろくでもねえ野郎達ですよう」

と囁《ささや》いた男と符合する。

こ奴こそが、松三の乾分・伝助に違いなかろう。三喜右衛門はそう確信したのである。

塙政之助は、ひとまず納得したものの、

「鬼松が動いていた……。確たる証拠はござるまい……」

それでもすっきりしないと言った。

次は、松三と伝助を捕えて、はっきりさせないといけないはずだが、

「鬼松は、居処《いどころ》を転々として、なかなか正体を現さぬと聞いてござるぞ」

眉をひそめる政之助に、三喜右衛門は平然として、

「居処はもう摑んでおりやすよ。今宵《こよい》にでも引っ捕まえて白状させてみせやしょう」

不敵な笑みを浮かべた。

松三が、巣鴨《すがも》の植木屋に潜んでいるのは、千秋《ちあき》とお花《はな》の活躍で既に知れていた。

柳之助は、この事実をすぐに明かさなかったが、このところ女壺振《つぼふ》り二人と、三喜右衛門のための情報を収集することを認められ、頼られてもいる。浪吉が捕えられたところで、

「松三の居処が摑めましたぜ」

と、礼蔵に伝えていたのだ。

「では、松三さえ押さえれば、この後、縄張りは元に戻ると申されるのだな」

政之助は、まだどこか納得のいかぬ表情を見せていたが、

「この後、騒ぎが起こることもなくなりましょう。先だって決めた金については、こちらもご心配をおかけした分、差し引かせていただきますので、こいつはまた、ことがすんだ後に……」

と、三喜右衛門に言われると、

「まあとにかく、様子を見させていただきましょう」

そう応えるしかなかったのである。

（三）

柳之助は、千秋とお花と三人で、巣鴨の植木屋へ足を運んだ。

温水鉄次郎を伴い、礼蔵、千三父子と共に今宵中に松三、伝助一味に対して殴り込みをかけるつもりだが、その前に様子を窺っておきたかった。

それと共に巣鴨への道中を、隠密《おんみつ》三人がこの先の流れを確かめ合う密談の場としたのだ。

忍び働きをしていたというのに、妓楼の遊女の機転で捕えられた浪吉によって、真相が見えてきたというのは皮肉であった。

「どうも、もどかしゅうございます」

千秋は悔しがった。

「だが、巣鴨の植木屋は、お前とお花のお蔭《かげ》で突き止めたんだ。二人共、立派に働いてくれているよ」

柳之助は二人を労《ねぎら》いながらも、盟友・外山壮三郎《とやまそうざぶろう》から、植木屋が経堂甚之丞《じんのじょう》に縁があると報《しら》されていたが、

「さて、これを元締に伝えるべきか否か、どうしたものかな」

という思案にかられていた。

三喜右衛門のことだ。客分の隆三郎と壺振り姉妹が機転を利かして、松三の居処を突き止めていたと知った時は、

「まったく頼りになる客人達だぜ」

と、無邪気に喜んでいたが、すぐに手を廻《まわ》して、その植木屋の正体を詳しく調べあげているかもしれない。

「伝えるまでもねえか……」

「それも気になりますが旦那様……」

今は三人だけなので、千秋はいつもの口調で喋《しゃべ》る。それが彼女にとっては何よりも落ち着き、好い息抜きとなるのだ。

「松三と伝助……。この二人を捕えて、どうするのでしょう。そっと闇に葬るつもりなのですか？」

と、不安気な表情を浮かべた。

傍らでお花も相槌《あいづち》を打った。

実はそれについては、柳之助も苦慮していた。

渡世人同士の争いである、三喜右衛門一家にとっては松三を屠《ほふ》ってしまうのが何よりかもしれない。

柳之助は、遊び人の隆三郎として一家の客人となり潜入しているのであるから、礼蔵が殺すつもりでいるならば、それに従わねばなるまい。

だがたとえ悪人でも、殺しを見過ごしにするわけにはいかない。

何かもっともらしい理由をつけて、しばらくの間は浪吉と共にどこかへ監禁するように勧めるよう動くのが、今のところは良策といえる。

奉行所には、九平次《くへいじ》、三平《さんぺい》を通じて日々の出来事を報告している。

外山壮三郎とも、三日に一度は会って、奉行からの指図を仰いではいるのだが、

「こうなったところで引き揚げるように……」

との指令はまだ届いていない。

経堂甚之丞の動きも気になる。

奉行・筒井和泉守《つついいずみのかみ》は、三喜右衛門の縄張りを求めて、不穏な動きをする者が、松三などという破落戸に止《とど》まるはずはないと見ているのであろう。

「だが、殺したとしたら、黙って見過ごして、どこまでも三喜右衛門一家の味方をするしかあるまい」

とどのつまりはそうなると、柳之助は千秋とお花に告げた。ここでの判断は、隠密廻り同心である芦川柳之助が下さねばならないのだ。

潜入捜査の難しいところは、今度のように三喜右衛門一家の面々が、裏の仕事に手を染めていても、盗まず、脅さず、弱者を苛《いじ》めずという俠気を備えた者達であり、立場は違えど人として惹《ひ》かれてしまうことだ。

複雑な想《おも》いを胸に、三人は巣鴨原町《はらまち》の植木屋を見張った。

裏手の庭に、千秋とお花が苦もなく忍び込み、そっと木戸を中から開けて柳之助を迎え入れた。

鉢植えが並べられた台の向こうに番小屋が見える。

三人は散り散りになり、盆栽の中に埋もれるようにして小屋を覗《のぞ》き見た。

こういうところは植木に囲まれて、外からは目立たぬかもしれないが、忍び入る方にとってはありがたい。

千秋に教えられ、柳之助の隠術もなかなかに上達をしている。

小屋の内は騒々しかった。

松三は日雇いの破落戸達相手に酒に浮かれているのだろうか。

騒ぎを起こしては逃げ去る。

それにはその場限りの乾分が便利であった。

互いのことがよくわかっていない方が、何かと都合が好いらしい。

千秋の遠耳は、ここでも実力を発揮し、

「松三親分……、いや、鬼松の親分……」

松三を持ち上げる若い衆の声が、はっきりと届いていた。

千秋は猫の鳴き声を真似《まね》て、松三がいると柳之助とお花に伝えた。

ひとまずうまくいった。

もう少し様子を見ようと、柳之助もまた雌猫に求愛する雄猫の鳴き声をして、それを伝えた。

お花は笑いを堪《こら》えた。

この夫婦は八丁堀《はっちょうぼり》の組屋敷で、いざという時の意志表示を、猫の鳴き声で伝えようと、時折稽古をしているのだ。

二人が仲よく、

「ニャー、ニャー」

と真顔で言い合っている様子は、

――まったくおめでたい夫婦だこと。

お花にとっては、噴飯ものであり、二人共に鳴き声が本物と比べて遜色のない出来なので、

――いっそ、ずうっと猫の言葉で話せば好いのに。

お花はいつも笑いを堪えていたのだ。そして今、この緊迫した場でこれを聞くと、尚更《なおさら》におかしかったのだ。

とはいえ、お花も二人の猫語は理解している。今しばらく様子を見た。

すると、小屋の中から外の風に当りたくなったか、数人の男が小屋の前の縁台に腰をかけて、そこで一杯やり始めた。

――松三だ。

柳之助、千秋、お花は、その内の一人が松三であると認めた。

転々と居処を変えているという噂もあるが、どうやらここで落ち着いているようだ。

このところは、自分が表に出ずに悪巧みをしているため、隠れ回ることもないと嘯《うそぶ》いているのであろうか。

だが、伝助を通じて罠《わな》にはめた三人の剣士達が、自分達の軽挙を認め、その師・香田仁兵衛によってそれが既に三喜右衛門に伝わっているとは思ってもいなかった。

――あの男は……。

柳之助は、もう一人の男に見覚えがあった。

――やはりあいつか。

矢場で暴れた連中を叩き出した後、柳之助は抜け目なく逃げた連中のあとを追った。

すると連中は、稲荷《いなり》社の裏手に集まり〝兄ィ〟と呼ばれる一人から金をもらっていた。

その兄ィというのがこ奴で、法明寺《ほうみようじ》裏手の仕舞屋《しもたや》に消えた後、同じ場所に、松三が入っていくのを柳之助は目撃していた。

それを見届けたものの、その後の行方は知れなかったが、遂《つい》に一緒にいるところを見つけた。

あいつが通りすがりに、温水兄弟に耳打ちした男に違いない。

よく見ると鉄次郎が話してくれた特徴に一致する。

「伝助、これからが正念場だぜ……」

松三が男をそう呼んだ。

「まずゆっくりと先の話をしようじゃあねえか。今はちんけな仕事ばかりさせられているが、そのうちおれ達も勢いに乗って芽も出るってもんだ。使い捨てにされて堪るけえ」

松三はそんな話をすると、再び小屋の中へと消えた。

〝ちんけな仕事ばかりさせられている〟。この言葉から察すると、松三は誰かの下で働いていることになる。

それを何としてでも吐かせてやる。

柳之助はお花に合図を送った。

この先は千秋と二人で見張り、お花は礼蔵に今の状況を伝え、援軍の要請をするのである。

いつまでも猫語で喋ってもいられない。

お花が伝令に出ると、柳之助と千秋は身を寄せ合った。

「これで何もかも片がつけばよろしゅうございますね」

千秋は切な気に言う。

「そうだな……」

柳之助には千秋の気持ちがよくわかる。

どれだけ三喜右衛門一家に馴染んでも、最後には別れが待っている。

しかも、その別れがほのぼのとしたものとは限らない。

場合によっては、南町の役人達に捕えられるところを見なければならない。

あまり情が深まらぬうちに、仕事を終えてしまいたい。

千秋はそう考えているのだ。

どこまでも役儀と割り切り、そこで付合う相手を〝もの〟として見る。時には非情に徹する——。

それが隠密という仕事なのであろう。

そういう意味では、柳之助も千秋もお花も適任とはいえない。

だが、慈悲、人情を備えているからこそ、相手の信を得られるのだ。

後で何とお叱りを受けようと、正義をもって働きたいと柳之助は思っている。

「苦労をかけるな」

柳之助は千秋の肩に手をやった。

日頃ふくよかな千秋の体が、今は引き締まっていて、柳之助の手の平を弾《はじ》き返す。

体の肉を落とし、身を細く軽くする。それが彼女の臨戦の折の心得である。

——早く終らせよう。

柳之助は、肉置《ししお》き豊かな妻の肢体を頭に描きながら、お花の到着を待った。

(四)

日はすっかりと暮れ、ぽつりぽつりと雨が降ってきた。
堪えに堪えたが、空も遂に水滴を吐き出したと見える。
物陰に隠れている身には辛《つら》い雨であった。
だが存外に早く、合図の猫の声がした。
お花が発したものだが、
——何だあの猫の鳴き声は。
——お花は恥ずかしさが声に出ています。
猫語にはうるさい夫婦は、少し怒りを込めて、
「ニャー、ニャーゴーー」
「ニャア!」
と、応えた。
松三はまだここにいる。いざ踏み込まん。という意味である。
すぐに、お花、礼蔵、千三が庭へ入ってきた。

香田仁兵衛に付き添われた温水鉄次郎の姿もあった。

仁兵衛は、件《くだん》の賭場荒らしに加わった三人の弟子は連れていない。

三喜右衛門との約束を守り、伝助の顔を知る鉄次郎のみを連れ、どこまでも自分が守り抜くつもりであった。

とはいえ、この師弟がいるのは心強かった。

一同は、小屋の前で打ち揃《そろ》い、礼蔵を先頭に踏み込まんとして頷き合った。

ところがその時。

小屋の内が騒がしくなり絶叫が聞こえた。

「何でえ、あれは……」

いささか気勢が削《そ》がれ、一同は顔を見合わせたが、

「こいつはいけねえ！」

と、小屋の中へ躍り込んだ。

中は思った以上に広く、土間の向こうの座敷には大きな衝立《ついたて》が置かれてあった。

燭台《しよくだい》は倒れ、奥の行灯《あんどん》の明かりが薄暗く室内を照らしている。

「まさか……」

辺りに漂う血の臭いに、柳之助は座敷に跳び上がり衝立を土間へ蹴り落した。

「畜生……」

礼蔵が低く唸《うな》った。

座敷は板間で、足が滑るほどの血の海と化していた。

千三が提灯《ちょうちん》の灯をかざすと、そこには無惨にも斬殺された四つの骸《むくろ》があった。

そのうちの二人は、正しく松三と伝助であった。

剣術修行中とはいえ、まだ十五の鉄次郎は呆然《ぼうぜん》として、この惨状を見ていたが、伝助を見て、

「声をかけてきたのは、この男です」

と、落ち着いて言った。

素早く小屋の奥へと進んだ千秋とお花はすぐに戻ってきて、

「裏手にも庭があって奥には生垣がありましたが、怪しい奴は見当りません」

「裏から忍び込んでここにいる連中を素早く叩っ斬って、また逃げたんでしょうねえ」

こちらも落ち着いて報告をした。

礼蔵は力なく頷いて、

「皆、苦労をかけたねえ。香田先生も、恩に着ますぜ」

と、ひとつ頭を下げた。

「こっちも引き上げよう。おれ達がやったと疑われちまうぜ……」

そして即座に引き上げたのである。

雨がしとしとと降ってきた。


礼蔵は、三喜右衛門に報告をする間、千三を、御用聞き・大塚《おおつか》の房五郎《ふさごろう》のもとへ遣いにやった。

三喜右衛門は、どんな時でも動じない。

「そうかい、ご苦労だったな。これで皆に酒でも振舞ってくれ」

礼蔵に二両ばかり渡して、腕組みをした。

「松三も、哀れな奴だなあ」

死者を憐《あわ》れむ気持ちも失ってはいない。

「大塚の房五郎には、あっしの方から話しておきます」

礼蔵は、ひとまず三喜右衛門の前から下がると、戻ってきた千三に金を渡し、柳之助、千秋、お花をもてなすように告げたが、

「あっしらはここに詰めておりやすよ」

と、柳之助は千秋、お花と〝駒井〟の一室で、ちびりちびりと酒を飲んだ。

既に香田仁兵衛は、鉄次郎を連れて道場へ帰っていたが、柳之助達は動けなかった。

今日の様子を確かめて、奉行所に報告せねばなるまい。

夜もかなりふけた頃になって、大塚の房五郎がやってきた。

礼蔵は、裏の酒屋へ案内して首尾を訊いたものだが、柳之助は千三と共についていった。

ここまできたら、礼蔵も遠慮はしなかった。

ただ黙って柳之助に頷いて、房五郎との密議の席に、千三と共に加えたのである。

房五郎は柳之助をちらりと見たが、近頃、三喜右衛門に気に入られている隆三郎の存在は把握しており、構わず話し始めた。

房五郎も随分と興奮しているようだ。

「ひとまず、何者かに襲われた。恐らく、やくざ者同士の諍《いさか》いであろうということに収まったよ」

「そいつはありがてえ。色々と手間ァかけたねえ」

「植木屋の者達は気付いてなかったそうだが、さすがに腰を抜かさんばかりだった」

植木屋の住人達は、広大な庭の番小屋での出来事であったし、日頃から騒がしい連中なので気にも留めていなかったという。

何故《なにゆえ》、松三などという破落戸に小屋を貸したかを問われると、かつて世話になった経堂家の中間・藍太郎《あいたろう》の紹介であり、

「ちょっとの間だけだというし、きちんと店賃《たなちん》も払ってくれていましたので断り切れずに……」

それで貸していたと、迷惑そうに言っていたらしい。

房五郎は、彼に手札を与えている、南町奉行所の臨時廻り同心、江田要次郎《えだようじろう》に報せて、松三達の骸を片付けたのであった。

江田は房五郎から、三喜右衛門が渡している礼金を受け取っているし、日頃から犯罪の取り調べにおいて、あらゆる情報を得ている。

持ちつ持たれつやってきたが、手先の房五郎に任せきりで、〝駒井〟や礼蔵の酒屋に顔を出すことは滅多になかった。

同じ奉行所に勤めながら、ほとんど顔を合わせることがないものの、芦川柳之助とは面識はある。

まずごまかせる自信はあるが、柳之助にとっては江田が姿を見せないのは幸いであった。

「礼さん。今度のことでは、江田の旦那も、ちょいと顔をしかめておいでなんだよ」

と、房五郎は言う。

四人がむごたらしく殺されたのだから、江田が黙っていられないのも無理からぬことであろう。

「そうだろうな……」

礼蔵は渋い表情を浮かべた。

植木屋に殴り込んだのは、松三と伝助を捕えて真相を白状させるためであった。捕える際には、腕の一本もへし折って、二度と悪事に手を染められないようにするつもりではあったが、殺すつもりはなかった。

礼蔵からその由を告げられた時は、柳之助、千秋、お花はほっとしたものだ。

しかし、それゆえ、密《ひそ》かに始末して、骸を消し去るつもりはなかったので、あの場で骸に触ると、それを見られたらこちらが疑われると思い、すぐに引き上げ、房五郎に託したのだ。

それでも、四人が惨殺されたのはなかなかに衝撃で、

「やくざ者同士のよくある争いだ」

などとあっさりとすませるわけにもいかないと江田は考えているらしい。

〝やくざ者同士〟となると、三喜右衛門がその相手だと、世情ではまず思われるであろう。

「松三が騒ぎを起こすんじゃあねえか、そうなりゃあ音羽の元締は黙っちゃあいねえだろうと、役所じゃあこのところ、ちょっとした噂になっていたのさ」

などと、江田は言っているらしい。

「そんなら何かい？　松三を殺《や》ったのはうちの元締の差し金だってえのかい？」

礼蔵は、昨日今日の付合いではないのだ。三喜右衛門があんな酷《むご》たらしいやり方で、四人もの男を有無を言わさず殺すかどうか、わかっているはずではないかと、房五郎を睨みつけた。

「礼さん、そんなことはおれも旦那も思っちゃあいねえさ。だが、あの夜、お前が仲間を連れて植木屋へ殴り込んだのは確かなことだ。近くの者が何人もそれを見ている。疑われたって仕方がねえだろ」

「だから親分に頼んでいるんじゃあねえか」

「わかっているよ。江田の旦那も困っていなさるのさ。四人を殺した奴を放っておくわけにもいかねえ。形だけでも、音羽の元締を取り調べねえと恰好《かっこう》がつかねえ。だがよう礼さん、その前に本当の話を聞かせてくれねえか？　塙政之助に縄張りを譲ろうという話が進んでいるんじゃあねえのかい。そこんところだけ、打ち明けてくれねえか?」

房五郎は、誠意を込めて話している。

人にはそれぞれ立場がある。それを尊重してこそ、ことが上手《うま》く運ぶ。

礼蔵は神妙に頷いた。

しかし、隅に控える柳之助は、房五郎に冷めた目を向けていた。

房五郎の旦那である江田要次郎は、奉行所では三喜右衛門を疑う声があがっていると言っているらしいが、壮三郎からの繋《つな》ぎでは、そんな話は一切出ていなかった。

そのために柳之助は潜入しているのだ。

彼の隠密行動は、古参与力の中島嘉兵衛《なかじまかへえ》、定町廻り同心・外山壮三郎達、ほんの一部の者にしか知らされていない。その邪魔にならぬよう、上層部は三喜右衛門一家については、一切江田に預けておけばよいという姿勢を崩さなかったはずだ。

ゆえに奉行所内にそんな噂が立つはずがないのだ。

江田がもったいをつけているのであろう。

目こぼしをするにしても、いかにも大変だと言い募れば、礼金の額も上がるからだ。

であるとすれば、同じ南町の同心としては恥ずかしい限りだ。

江田はこの辺りの治安を、三喜右衛門に任せきりで、房五郎を使い走りにして、自分は甘い汁だけを吸ってきた。

奉行・筒井和泉守は、そんな江田に期待をせず、三喜右衛門の跡目を巡って起こるであろう騒動を、柳之助に見張らせたのに違いない。

「礼さん、悪いようにはしねえよ。元締にそう取次いでくれねえか」

房五郎は切々と語るが、聞くうちに尚さらこの御用聞きへの不審が、柳之助の胸の内に湧いてくるのだ。

今頃はお花が、小者の三平に繋ぎを取って、今宵の顚末《てんまつ》が壮三郎の耳に届くように動いているはずであった。

――よし、九平次に、房五郎を見張らせてみるか。

遊び人の顔を装いながら、柳之助は策を練っていた。

外は雨が激しくなってきた。窓の庇《ひさし》がかしましく音を立てている。

これから一気に嵐がくるような――。

落ち着かぬ胸騒ぎが、柳之助の心の内に吹き荒れていた。

（五）

翌日。経堂甚之丞の遣いとして、藍太郎が三喜右衛門に面談を求めてきた。

三喜右衛門は拒まなかった。

「松三の件は、まったく申し訳ございません……」

藍太郎は、くどくどと詫びつつ、

「あの野郎には、あっしも目をかけてやったこともありましたが、やはり間違っておりました」

と、弁明に努めた後、

「殿様が是非、会いたいと仰せで……」

甚之丞が話があるので会いたい、賭場へ立ち寄ったところで、屋敷で談合しようと言っていると持ちかけてきた。

「殿様がそう仰せなら行かざあ、なるめえ」

三喜右衛門はあっさり返答した。

藍太郎が松三を引き廻していたことが、そもそも三喜右衛門への反抗であったが、そのことには一切触れなかった。

「人というものは、皆それぞれ想いが違うものさ。藍太郎が、松三を気に入ったのは、奴なりの考えがあってのことだろう」

松三が悪。その松三の面倒を見てやったから藍太郎も悪だと決めつけるのは間違っている。

三喜右衛門はそう考えている。

理屈ではそうであっても、普通の男であれば、まず藍太郎を疑って、経堂甚之丞にかけ合い、締め上げたくなるだろうが、

「放っておけば、そのうちぶくぶくと灰汁《あく》は浮いてくるってもんさ」

相変わらず三喜右衛門は泰然自若として、

「なかなかおりんと、ゆっくりさせてもらえねえなあ」

と、若女房への惚気《のろけ》を言っていたのだ。

そして、元締が言うように、藍太郎が遣いにやって来て、甚之丞の方から面会を申し出てきた。

旗本屋敷になど行けば、そこでばっさりやられるのではないかと妹のお豊《とよ》などは不安に思ったが、三喜右衛門は住処《すみか》にしている料理屋〝駒井〟をふらりと出ると、経堂

屋敷へ向かった。

まず久しぶりに賭場へ顔を出し、藍太郎の案内で、そこから屋敷の表向きの書院へ、平吉一人を供に連れて入った。

「元締、呼び出してすまぬな」

甚之丞はただ一人で書院にやって来て、三喜右衛門に相対した。

甚之丞なりの誠意なのであろう。

「松三のことだが、おぬしはおれを疑っているのか?」

騒ぎの顚末は一通り聞き及んでいるらしい。はっきりと問うてきた。

「あっしが何を疑っていると?」

三喜右衛門は、まず相手に喋らせるのを、こんな時の心得にしている。

「おれが松三を使って、おぬしの縄張りを荒らしたと疑っておらぬかと申すのだ」

「はて、そんな疑いは持っちゃあおりませんが、殿様は随分と松三を贔屓《ひいき》にしておいでだと、首を傾《かし》げておりやした」

「贔屓になどしておらぬ。賭場の仕切りは元締だが、中間部屋の仕切りはこっちだ」

「はい」

「松三は役に立つ、飼っておけばよいと藍太郎が勧めるゆえ、自儘《じまま》にさせていただけのことなのだ」

「飼っておけば、お尋ね者の浪人を匿《かくま》ったりするのに役立つかもしれねえと？」

「な、何を申すのだ」

甚之丞は動揺した。

経堂屋敷には、何人もの剣客が武芸場に迎え入れられているが、それは名ばかりで、罪を犯した不良浪人が、ほとぼりを冷ますまでの間の〝駆け込み寺〟のようになっている――。

そんな噂があると、外山壮三郎は芦川柳之助にそっと伝えていたが、三喜右衛門は既に知っていたようだ。

「そんな噂が立っておりやす。ご用心を……」

三喜右衛門はにこりと笑って、それについてはもう何も言わなかったが、

「殿様にひとつ、お詫び申し上げねえといけねえことがございます」

一転して頭を下げてみせた。

「何のことだ」

甚之丞は、三喜右衛門に翻弄されていた。

「あっしが若い女房とのんびり暮らしてえ、元締から身を引こう、などと考えてい

る……。そんな噂をお耳にしたのでは？」

「そんな噂は耳に入っていたが、何かあればおぬしから話があると思っていたゆえにな」

ここぞと甚之丞は、三喜右衛門を詰《なじ》った。

「これは畏れ入ります」

「本当のところはどうなのだ？」

「あっしももう歳だ。そろそろ身を引くつもりでおりますが、まだはっきりとしねぇうちに、そんなお話もできねえと思っておりました」

「おぬしが手を引けば、おれの懐《ふところ》が寂しゅうなるではないか」

「何の、今まで通り殿様にはまとまった金が入るようにしておきます」

「それはありがたい」

「ひょっとして、松三を使って、御《おん》自ら賭場を仕切ろうなどとお思いになりましたか」

「たわけたことを申すな。そんな想いがあるなら、松三に賭場を荒らさせたりはいたさぬ。己《おの》が首を絞めるようなものではないか」

「ははは、ごもっともで……」

甚之丞は焦った。

このところの松三の動きに、三喜右衛門が腹を立てていて、自分に何か仕掛けてくるのではないかという恐れを、甚之丞は抱いていた。

松三が乾分と共にむごたらしく殺されたとなれば、ここはひとつ、三喜右衛門の機嫌を取っておかねばなるまい。自分が松三の後押しをしていたと思っているなら、それは誤解であると、言っておきたかったのである。

しかし、こうして言葉を交わすと、あれこれ言わねばよいことまで喋ってしまったような気がして、落ち着かぬ気分になっていた。

「殿様、何のことかと思ったら、そういうお話でございましたか。松三は、殿様に目をかけてもらって好い気になって、大それた夢を見たのでございましょう。だが酷《ひで》えことをする者もいたもので。あっしも殿様を信じますから、殿様も信じておくんなさいまし。あっしが松三を殺したのではねえと……」

三喜右衛門はにこやかに告げた。

「うむ、わかった……」

甚之丞は、ひとまず話を終えた。

三喜右衛門は悠然として屋敷を出たが、傍でこの会談に付き添った平吉から、その一部始終を聞いた柳之助は首を傾げた。

甚之丞は、〝松三に賭場を荒らさせたりはいたさぬ〟と言ったらしい。

だが、松三が伝助達を使って、香田道場の門人達をたぶらかし、賭場を襲うように仕向けたことは、香田仁兵衛と門人達しか知らないはずだ。

三喜右衛門は、香田道場の行く末を思い、道場のことは伏せ、

「何を血迷ったか、若い浪人が殴り込んできて、またすぐに逃げていきやがった」

世間にはそんな風に言っていた。

襲った者の中に松三はいない。松三がこの一件に絡んでいるという確信は、甚之丞にはないはずだ。

ということは、松三本人からか、藍太郎を通じて、かは知らぬが分家の賭場を荒らす企《たくら》みを既に聞いていたことになる。

――やはり、松三を使って揺さぶりをかけていたのは経堂甚之丞。

それがあわや露見しかけたことを知り、先手を打って口を封じたのではなかったか。

柳之助はそのように推測した。

しかし、三喜右衛門は柳之助が思うまでもなく、甚之丞の魂胆など既に見抜いているのではなかろうか。

誰よりも読めぬのは、三喜右衛門の肚《はら》の内である。

彼の動きを見ていると、立てた推測がすぐに音を立てて崩れていくのだ。

（六）

一方、密偵の九平次は、大塚の房五郎に張り付いていた。

房五郎は忙しくしていた。

酒屋の礼蔵に、塙政之助に縄張りを譲るつもりなのかと問うた房五郎であった。

礼蔵は三喜右衛門に伺いを立てた上で、それが事実であると伝えた。

すると房五郎は、同心・江田要次郎に諮《はか》ったところ、

「一度、江田の旦那立会の下に、元締と塙の旦那と経堂の殿様に集まってもらって、この先どうするのかはっきりと話をつけたらどうかという話になっているのさ」

と言ってきた。

もちろん内密の談合になるが、松三達四人を殺したのは誰かの詮議も、その場で内々にしておきたい。それぞれが心当りを述べて、互いが落ち着かないと音羽、雑司《ぞうし》ヶ谷《や》界隈も平穏を取り戻せまい――。江田はそう考えていると告げたのだ。

三喜右衛門に異存はない。

身にやましいことはひとつもないのだ。

塙政之助にも、その場ではっきりと引き受けるかどうかを迫ればよい。

どうせ政之助に譲ったとしても、江田要次郎、大塚の房五郎との取次はせねばならない、一堂に会するのならそれもいい。

政之助を振り回してしまった感があるが、渡世人には一筋縄ではいかないこともある。

房五郎は、

「さすがは音羽の元締だ。何ごとも話が早《はえ》えし、どっしりとしていなさる」

と喜んで、経堂家、塙家と、その交渉に当った。

それゆえ、房五郎が政之助の許を訪ねるのはおかしくないのだが、思いの外頻繁に出入りしているように、九平次の目には映った。

江田の仕切りによる会合への出席を、政之助が渋っていて、房五郎が何度も足を運び説得しているのだろうか。

だが、九平次の目にはそのように映らなかった。

政之助の住処は、表通りに面した一軒家で、見た目は質屋のような造りであるが、ところどころに武家屋敷や、剣術道場を思わせる造作《ぞうさく》が為《な》されている。

久万之助、長太郎は剣の遣い手でもあり、金が動く家の中は一見すると無防備なようでも、容易に忍び込めるものではない。

九平次は止《や》むなく、房五郎の出入りの時の様子を探ることにしたのだが、大抵は半《はん》刻《とき》くらいで話を終えて出てくる。その表情には苦いものがない。含み笑いすらあるのが毎度である。

つまり、政之助との交渉は上手く進んでいるようだが、早速新しい縄張りの支配者に飼い馴《な》らされているようにも見てとれる。

九平次は、いつも冷静に手先の務めを果してきたが久しぶりに苛々としてきた。

塙政之助には謎が多かった。

音羽の三喜右衛門が、これと見込んだのだ。それなりの器量を持った男であるのは確かであろう。

政之助の金貸しとしての仕事ぶりに、阿漕《あこぎ》な事例は見当らない。

かといって、彼が三喜右衛門のように、義理人情に生きているかというとそうではない。

この数年、辻斬《つじぎ》りに遭って命を落した高利貸《こうりかし》が何人もいる。

高利貸の懐を狙う辻斬りの意図はよくわかるが、殺された者に共通しているのが、政之助の商売の巧みさに恐怖を覚え、嫌がらせを仕掛けていたということだ。

いずれもろくでもない連中ゆえ、多くの恨みを買っていただろうし、そんなあくどい奴なら金を奪ったとてよいだろうと、辻斬りも標的にしたとは十分考えられる。

だが、政之助が反撃を仕掛けた結果だと言えないこともない。

嫌がらせを受けて黙っているような男では、渡世は生きられまい。

だが、事件との関わりを問われることもなく、悠々と身代《しんだい》を築く政之助には、空恐しさを覚える。

妻子はいたそうだが、浪人となった時にまとまった金を渡して離別し、日頃どのような暮らしをしているかは、将棋好きであること以外はわからない。

九平次はそこに不気味さを覚えていた。

柳之助の盟友・外山壮三郎も、

「油断ならぬ男ゆえ、気をつけるように」

と、柳之助に伝えているが、もう一歩踏み込めずにいる。

密偵を務める九平次は、それが自分の不甲斐《ふがい》なさであると心を痛めていた。

——いや、このまま房五郎の出入りを眺めていてもつまらねえ。

　この日。

　九平次は、房五郎が塙の家へ入るのを見届けると、裏手へと回り杉の大樹の陰から木戸を窺った。

　いつも決まった時分に、下女が木戸を出て、芥出《ごみだ》しをするのがわかっている。その間、ほんの一時、木戸は開いたままになる。この間合が幸いにも房五郎のおとないと重なった。

　九平次はそこを狙って、大胆にも庭へ忍び込んだ。

　庭は手入れが行き届いていたが、九平次が身を隠して、政之助がいる一室の近くに寄るくらいのことは出来た。

「何やら気が逸るのう……」

「旦那ほどのお人が何を言いなさるんで」

「音羽の三喜右衛門は、底が知れぬ男ゆえにな」

「香具師《やし》の大立者《おおだてもの》も、今では気の好い爺《じい》さんになっちまいましたよ」

「いや、なかなか侮れぬぞ」

「その日を境に、縄張りは旦那のものになるんだ。少々の苦労は仕方がありませんや」

「そうして、楽をして儲けるのは、八丁堀の旦那ってわけかい」

「いや、とんでもねえ……」

そんな会話と、房五郎の卑しい笑い声が聞こえた。

そこで人の気配がした。

九平次は急いで木戸へと戻ったが、

「おい、何者だ……」

と、家の者に呼び止められた。

この男も元は武家の出かと思われる物腰であった。久万之助と長太郎は、政之助の側《そば》にいるらしい。それは幸いであった。

この奴ならばこの場を取り繕えよう。

九平次の勘が働いた。彼はこんな時のためにと、懐に忍ばせておいた子猫を出して、

「申し訳ございません。木戸が開いておりやして、こいつが中へ入り込んでしめえやしてその……」

「捜しに入ったというのか」

「あいすみません。こいつをどこかへやっちまったら、嬶ァ《かか》がもう大変なことになっちまいましてね。この嬶ァってえのがね、鳶《とび》の娘でございまして、そりゃあもう気が

「へえ、ごめんくださいやし。こら、お前が勝手に走り廻るからいけねえんだぞ。へへへ、おやかましゅうございました……」

「猫が見つかったなら、とっとと出ていきな」

強《つえ》えのなんの……」

九平次は何とか逃げ果せた。

猫を抱いて駆けながら、九平次の胸は騒いでならなかった。

漏れ出づる塙政之助の声は、彼が今まで抱いていた冷徹な印象とは違い、やくざの親分のような荒々しさがあった。

「その日を境に、縄張りは旦那のものになるんだ……」

と房五郎は言っていた。

恐らく江田要次郎が企む会合が〝その日〟のようだが、あの話しぶりでは、政之助は、縄張りを引き受けると、既に心に決めているのであろう。

だが、三喜右衛門に会うのは気が逸《おお》るらしい。

このところの騒動続きで、縄張りの値打ちは下がっていると言い募り、二千両の値を減らすようにと、政之助は三喜右衛門に交渉するつもりなのか。

しかし、相手は底が知れぬ三喜右衛門であるから、今から気が逸るといいたいのであろうか――。

何《いず》れにせよ、穏やかな会合になるとは思えない。そんな胸騒ぎと共に、

「房五郎め。方々で好い顔をしやがる……」

政之助に対する卑屈な物言いが、何とも不快であった。

（七）

遊び人の隆三郎と九尾《きゆうび》のお春《はる》の仲は、もはや誰もが認めるところとなっていた。

隆三郎は、お春とのひと時を楽しむようになったが、お春の妹・礫《つぶて》のお梅《うめ》への気遣いを忘れずに、何かというと三人でいることが多い。

実に頬笑《ほほえ》ましい光景だが、その場は芦川柳之助、千秋、お花の都合の好い密談の場となっていた。

九平次が塙政之助の家での調べを、矢場で千秋にそっと報せると、入れ代わりに顔を出した柳之助は、姉妹を誘い賭場に向かったがその道中、稲荷社の隅で千秋からそれを聞いた。

「塙政之助……。一筋縄ではいかねえと思ってはいたが、房五郎を上手く手懐《てなず》けたよ

うだな。房五郎も、どこにでも好い顔をしてやがる」

柳之助は憤慨した。

「元締が会合に行くのは明日になったとか?」

千秋は眉をひそめた。

「ああ、そう決まったらしい」

「旦那様は……?」

「礼さんと一緒についていくことにしたよ」

「そうですか……」

本来ならば、客分の隆三郎がついていくのはおかしかった。

会談の場には、三喜右衛門、経堂甚之丞、塙政之助に、それぞれ二名まで同席を許される決まりとなっていた。

「道理のわかる者が二人いれば好いだろう。何も出入りを始めるわけじゃあねえんだ」

と、江田がその辺りの段取りを決めたのである。

房五郎が話しても埒《らち》が明かないだろうと、同心・江田要次郎は、自ら出向いて、三人に確約を取ったのだ。

会合の場は、小石川橋戸町《こいしかわはしとちょう》にある〝はなわ〟という料理屋であった。

ここは塙政之助が所有している店で、小石川沿いにある田園に囲まれた閑静なところに建っていた。

本来ならば〝駒井〟で執り行いたいところであるが、三人に加えて、同心の江田も加わるとなれば、顔がささぬところがよかろうと、ここになったのだ。

前に政之助と会合を持った時は、政之助が〝駒井〟に出向いたこともあり、この度は政之助の店に行くのを断れなかった。

だが、三喜右衛門、礼蔵、柳之助だけで見知らぬところに乗り込むわけであるから、交渉をするにしても、何やら不利なように思える。

〝駒井〟ならば、利発な妹のお豊もいるので、何かと心強いのだが、

「来いと言われりゃあ行くだけさ。そもそもこの話はおれが持ち出したんだ。あれこれ文句は言えねえや」

三喜右衛門はどこまでもいつもの調子を崩さない。

だが、礼蔵がこんな時だから隆三郎が頼りになるので、連れて行きたいと言うと、

「隆さん、ついてきてくれるのかい。お前さんが一緒だと心強えや。だが、あの日おれが連れて帰ったがために、苦労をかけるねえ」

と、労《いたわ》りの言葉を柳之助にかけてくれた。

「千秋、おれは隠密として元締の懐に入ったが、何やら音羽の三喜右衛門の警護をするために、ここへきたようなものだな」

柳之助は千秋に頬笑みながら、

「だが、今はお奉行よりも、元締に喜んでもらえるのが嬉しい。こんな想いは初めてだ」

と、本音をさらしたが、

「お気持ちはよくわかりますが、わたしは寂しゅうございます」

千秋は重要な会談に、自分が柳之助の傍近くにいられないのが辛かった。

江田要次郎は、

「おれが見たところ、音羽の元締が身を引くなら、この機会に縄張りを掠《さら》ってやろうなどと企んでいる野郎がいるような……。そいつを見つけ出してお縄にしてやるつもりだが、それには元締、塙殿、経堂様の助けが要る。おれも表向きには関われねえことも多々あるから、そこんところは汲《く》んでくだされ……」

そんな風に言っているらしい。

房五郎同様、江田も金蔓《かねづる》に異変があっては、己が懐に響くから、方々に好い顔をし

て金を吸い上げようとしているのであろうが、

「江田さんの言っていることはよくわかる」

ひとまずついて行って、様子を見てくると千秋を気遣った。

――隠密をしながら情を深め合ってるよ。

お花は、つくづくとおかしな夫婦だと端で眺めていたが、これから何か起こりそうな予感に気を引き締めていた。

「それから、千秋、お花。経堂屋敷の奥向きの件だが、壮三郎を通じてお許しが出たぞ」

「左様でございますか……」

「殿様が会合に出向かれる隙を狙えばよろしゅうございますね」

千秋とお花の士気があがった。

経堂屋敷の奥向きの件とは、甚之丞が暮らす屋敷の奥向きに潜入して、殿様の正体を探るということだ。

さすがに直参《じきさん》旗本の屋敷を、町奉行配下の同心が手の者を使って探らせるなど、あってはならぬことである。

千秋とお花がいながら、そうしたい気持ちを抑えていたのだが、甚之丞の動きがどうも怪しいゆえ、やはり探索が必要だと思われた。

そこで、外山壮三郎に奉行所の許しを得られるよう頼んでいたのだが、漸《ようや》く許しが下りた由が、今朝物売りに化けた三平から報されたのだ。

「お任せください」

千秋は胸を叩いた。

「気をつけてな」

しっかりと頷く千秋の傍らで、

「千秋様はまた、お痩せになりましたから」

お花がぽつりと言った。

翌日。

柳之助は夕方になって、礼蔵と共に三喜右衛門に付いて、会合の場所へと向かった。見送るおりんとお豊は不安気であった。

それは千秋も同じであったが、お花と共に経堂屋敷の賭場へ入り、壺振りをしながら時を待ち、予《かね》てより覗き見て覚えた奥女中の着物を真似て、まんまと庭から潜入した。

その間はお花が壺を振る。

三喜右衛門一家の平吉にも、この潜入は知らせていない。

庭から奥へ入るのは造作《ぞうさ》もなかった。幾つかの生垣を跳び越えれば容易に、奥の母屋に進めた。

なかなかに建物は立派でも、千石取りでは家士、奉公人は少ない。

博奕場への賃料に加え、不良浪人を匿って金をせしめているはずだが、このところは役付きを望んで、そのための運動に金がかかり、そこまで手が回らないのであろう。

おまけに今日の会合に、士分の者が二人ついていっているので、中奥に詰めている武士は見当らず、奥を警固する者とていない。

既に甚之丞は忍びで出かけている。

彼に実子はなく、分家から迎えた養子はまだ十三で病弱ゆえに、ほとんど自室に籠り切りだと聞いている。

主《あるじ》がいないと、奥向きの女達は一息つける。

廊下や庭を見廻ったりする女中の姿もない。

皆、さっさと夕餉《ゆうげ》をすませ、菓子でもつまんで羽を伸ばしているのだろう。

千秋は奥女中の出立《いでたち》で、悠然と庭を歩き、廊下を行き来した。

日は暮れてきて、ぼんやりとした明かりに、千秋の顔は確としない。

人影を見れば、跳躍して天井に張り付くくらいの芸当は出来る。

奉行所が用意してくれた屋敷の絵図にも助けられ、千秋は一度も見咎《みとが》められることなく、甚之丞の居室に潜入を果した。

入った途端、廊下を通る人の気配に屏風《びょうぶ》の陰に隠れたが、それもすぐに通り過ぎた。

千秋は何から手を付ければよいかは決めていた。

甚之丞の金の流れがわかる書類を探して、読み取ることである。

手文庫を片っ端から開けて調べ始めたところ、何通もの書付が出てきた。

——これはいったい。

書付を持つ千秋の手が震えた。それらをすぐに懐に押し込むと、千秋は急ぎ賭場に戻り、たちまち九尾のお春に変身した。

そしてお梅となって代わりに壺を振るお花を一旦下がらせて、先ほどからそわそわとしている藍太郎を二人で見張った。

やがて経堂家の老臣が賭場へとやって来て、藍太郎と中間部屋のある御長屋の裏手で、ひそひそと話し始めた。

老臣は日頃は賭場で見かけぬ顔で、経堂家の家老と思われる。彼は会合を知っていて主が心配のようだ。

彼が去った後も、藍太郎は尚落ち着かぬ顔をしていたが、その前に二人の密談を聞いた千秋とお花が立ち塞がって、

「ちょいと聞きたいことがあるんだけどね」

「話しておくれな」

と、問い詰めた。

「何でえ、壺振りの姉さん方かい。おれにあれこれ話してねえで、賭場へ戻りなよ」

藍太郎はにべもなかったが、

「話せといったら話さないかい！」

千秋はいきなり胸ぐらを摑み、

「何しやがるんでえ、この尼……！」

威勢を張る藍太郎を、その場に投げつけた。

「て、手前《てめえ》、このままですむと思うなよ……」

藍太郎は倒れたまま尚も威勢を張ったが、

「やかましいよ！」

千秋は、その卑しい顔を踏みつけにして、

「いいかい。これから訊くことに答えられなかったら、お前の命をもらうよ」

低い声で言うと、足に力を込めた。

お花は彼女の剣幕に息を吞んだ。

千秋は件の書付を藍太郎に突きつけ、

「これは何だい？　お前は何を知っているんだい？　言え！　言わないと殺すよ！」

と、今度は懐から短刀を取り出して、目の前に突きつけた。

「上等だ。刺せるものなら刺してみな……」

それでも嘯く藍太郎であったが、すぐに悲鳴をあげた。

千秋が迷わず、藍太郎の右足の膝上を短刀で刺したのだ。

「な、何をしやがる……。や、止めてくれ……」

傍で見ているお花が恐れるのだ。藍太郎は殺されると戦《おのの》いた。

「あたしの情夫《まぶ》の命に関わることなんだよ！　言わないのなら、その使いものにならない喉を刺してやる！」

最愛の柳之助の命に関わるとなれば、千秋は容赦がない。

「わ、わかった、言うよ。言うから命ばかりは助けてくれよ……」

藍太郎は泣きながら手を合わせたのである。

（八）

その頃。小石川橋戸町の料理屋〝はなわ〟では、三喜右衛門、礼蔵、隆三郎こと柳之助。塙政之助、久万之助、長太郎。経堂甚之丞と二人の供侍。さらに大塚の房五郎が一堂に会していた。

残るは江田要次郎、のみとなった。

〝はなわ〟はなかなかに大きな料理屋で、会合は離れの大広間で行われたが、店の座敷には他の客も来ていて、繁盛しているようだ。

離れには別の出入り口もあり、船着き場もある。他に客がいてもそれぞれが個室になっているし、まったく顔がささなかった。

大事な会合とはいえ、借り切りなどして物々しい体裁にすると、かえって人に怪しまれるであろうし、闊達《かったつ》な話し合いにもならないのではないかという、政之助の配慮であった。

誰にでも好い顔をする房五郎であるが、場の取持ちは巧みで、座は和やかなものになっていた。

それぞれ供の二人は部屋の隅に控えさせ、身分の高い甚之丞を中央にして、三喜右衛門と政之助が挟む形で向き合った。

「ご一同様、お揃いでございますが、江田の旦那が、お役所でのお裁きに手を取られちまいまして遅れておりやす。ちょいと様子を見て参りますので、一杯やって世間話でもしながら、お待ち願います」

やがて房五郎は、その由を告げて、一旦部屋から下がった。

柳之助は江田の遅刻を訝《いぶか》しんだが、三喜右衛門は笑顔を崩さずに、

「そういえば塙の旦那とは、まだ将棋の決着がついておりませんでしたな」

と、切り出した。

「そうでした……」

政之助も笑顔で応える。

「そのうちけりをつけたいものですが、塙の旦那もなかなかお忙しいようで」

「ええ、忙しいのもありますが、もう二度と元締と将棋を指すこともないでしょうからねえ……」

柳之助と礼蔵は眉をひそめた。二度とないとはどういうことだと憤ったのだ。

「塙の旦那、そいつはどういう意味だい……」

黙っていられず、礼蔵は政之助を睨んだ。

三喜右衛門は目で制して、

「この三喜右衛門の命も長くはねえってことで？」

真《ま》っ直《す》ぐな目を政之助に向けた。

「元締は、連れの二人と、ここへ来る中《ちゅう》で既に死んでいることになっているのでねえ」

「ここであっしを殺しておいて、そんな風に見せかけようと？」

「さて、どうだろうな」

政之助の目付が鬼のように鋭くなってきた。

「何だと……！」

柳之助と礼蔵が立ち上がった。

同時に久万之助、長太郎に加えて、甚之丞の家来二人も立ち上がる。

「どうやら、江田の旦那はこの会合にはこねえようだな。房五郎親分も戻ってこねえらしい」

三喜右衛門はすべて承知の上で来たような顔で応えた。

同心の江田は、初めから会合に来る気などなく、ここで三喜右衛門が始末されたら、会合に向かう道中で何者かに殺されたことにしてしまうのであろうと、推測したのだ。

甚之丞はそわそわとして立ち上がった。

「殿様もぐるだったんですかい！」

礼蔵は詰った。

「いや、おれはその……」

「殿様は、この塙政之助から随分と金を借りているのでねえ。おれの言うことには逆らえぬのだよ」

政之助は勝ち誇ったように笑った。

千秋が奥向きで見つけたのは、その証文の数々であったのだ。

「だが、三喜右衛門を殺すとは聞いておらなんだぞ」

甚之丞は、ここへきて言い訳をした。存外に気の小さな男だ。この殿様は政之助からも金を借りて、御役に就けるよう運動をしていたのだ。賭場の貸し賃、不良浪人の匿い賃だけでは足りなかったと見える。

「おれはただ、二千両の金を値切ってやるから、騒ぎを起こしてくれと頼まれて……」

「それで松三をけしかけて暴れさせたのかい。汚ねえ野郎だ！」

礼蔵の怒りは爆発した。

三喜右衛門は煙管《きせる》で煙草《たばこ》をくゆらしながら、

「そのうちに、松三の野郎、どこまでも好い気になって、手前で縄張りを仕切ろうと思うようになったってことかい。それで塙の旦那が先手を打って、乾分ごと殺しちまった……」

と、久万之助と長太郎を睨んだ。

手を下したのはこの二人に決まっている。

——しまった。

柳之助は歯噛みした。今日の会合が危険含みであるとは思っていた。

しかし、江田要次郎にここまでのことをしてのけるだけの度胸があるとは思わなかった。

謀殺するとはいえ、音羽の三喜右衛門を殺すのは並大抵のことではない。

奉行所が一目置く元締を死なせれば、自分にも災いが起きるであろう。

政之助に金で籠絡されたとしても、ここまで卑劣極まりない裏切りを犯すとは——。

「さすがは元締だ。だがそこまでお見通しなら、どうしてここへ来たのだよう」

政之助は嘲笑《あざわら》った。

「ここへ来たからこそ、お前の本性を見破れたってものさ」

三喜右衛門はそう言うと、ゆっくりと立ち上がった。

「今さら見破ったから、どうなるんだ？」

「勝負は最後までわからねえさ。塙の旦那よう。お前は喋り過ぎたようだな。一思いにやっちまえば好いってものを」

「これでも勝負はついておらぬと？」

いつしか、店の客に扮《ふん》した政之助の手の者が、ぞろぞろ座敷を出て、庭から、廊下から得物を手に離れに集まってきていた。

こ奴らによって、久万之助と長太郎にも得物が手渡された。

座敷に入る時、武士である甚之丞とその家来は、脇差のみ帯びることを許されたが、他の皆は武器になる物はそっくり預けてきたのである。

柳之助と礼蔵は、鉄の煙管を身につけていたが、それも一尺足らず。十分な武器ではない。

「勝負あったな」

政之助は自らも打刀を手にして、からからと笑った。

「おれが死ねば、縄張りを譲ることはできねえよ」

「いや、譲り状はもうこっちで書いてある。あとはお前の指で判をついてもらえりゃあそれですむ。死んでも指さえありゃあ血判は、押せるぜ」

「そうかい、いかさま証文に無理矢理判をつかせるかい。音羽の三喜右衛門は、塙政之助に縄張りを譲った後、何者かに殺されちまうってわけかい。二千両を払わずにすむし、後腐れもねえってわけだが、そうはいかねえよ」

三喜右衛門はにこやかに政之助を見つめると、いきなり甚之丞にとびかかり、襟を摑んで礼蔵へ投げつけた。

そして六十を過ぎたとは思われぬ素早さで、家来の一人を殴りつけ、脇差を奪うともう一人の家来の腹をその鞘尻《さやじり》で突いた。

その刹那《せつな》、柳之助は突かれた家来にとびかかり、こ奴から脇差を奪った。

既に礼蔵は、甚之丞に強烈な鉄拳を食らわせ、彼から差料を奪っていた。

あっという間に得物を手にした三人を見て、

「ほう、お見事、お見事、これで心おきのう、お前達を斬れる」

一斉に政之助一党は抜刀して、身構えた。

その数、十名。全員が町の衆の風情だが、構えを見れば、何れも元武士で剣術を相当修めたと窺い知れる。

いくら喧嘩慣れをしている三喜右衛門と礼蔵とて敵《かな》うまい。柳之助も二人を守って戦い切れない。

ここで遊び人の隆三郎として最期を遂げるのか――。

ふと絶望に見舞われたところ、

「隆さん、心配いらねえよ。おれはこんな修羅場を何度も潜ってきたんだ。あいつを助けてやろうというありがてえ味方がいつも出てきてくれてねえ」

と、三喜右衛門に励まされた。

――そうだ。ありがたい味方は自分にもいるではないか！

柳之助は、どこまでも自分の味方である強妻・千秋の顔を思い浮かべた。

ここへは来るなと言ってあったが、その時々で気働きが出来るのが千秋である。

「元締、お前はめでてえ男だな。ここはおれの城だよ。ありがてえ味方なんぞ来るものか」

政之助が不敵に笑った時であった。

庭を固める手下達に、次々と石礫《いしつぶて》が飛んできたかと思うと、鋳物の杖《つえ》を手にした二つの影が疾風のように現れて、今にも柳之助達に斬りかからんとする一手を怯《ひる》ませた。

千秋とお花が駆け付けたのは言うまでもなかろう。

「九尾のお春、礫のお梅とただ今参上！」

政之助からの多額の借金の証文を見つけた千秋は、お花と共に藍太郎が経堂家の家老と密談しているところを見た。

家老と藍太郎は、

「殿の御身は大事ないのじゃな」

「へい、そりゃあ大丈夫です。いくら何でも御旗本に害を与えるほど、塙政之助も馬鹿じゃあありません……」

こんな会話を交わしていた。

千秋は藍太郎の口を割らせたかと思うと、九平次に外山壮三郎との繋ぎを取り、お豊に急を報せ、お花と共に駆け付けたのだ。

「ほう、壺振りの女が二人、渡世の義理を立てて死にに参ったか。お前達の壺振りが見られなくなるのは残念だが、このことここまで来たのが運の尽きと諦めよ！」

政之助は、女二人が何ゆえここまで来られたかが疑問であったが、とにかくすべてを終らせんと、久万之助と長太郎を促した。

「死ね！」

二人は先陣を切って斬り込んだ。

千秋とお花が二人の一刀を杖で払ったが、凄《すさ》まじい太刀筋である。手練《てだ》れ十人相手に五人で戦うのは無理がある。

だが、時を稼げば外山壮三郎が来てくれるであろう。

柳之助の得物は脇差。太刀を奪いたかった。

そこへ、さらなる味方が現れた。

香田仁兵衛と、その門人の温水岩太郎、根岸兵馬、野川森蔵であった。

「元締！　助太刀いたす！」

さすがは一刀流剣術師範である、参戦するや一人を峰打ちに倒した。

若い剣士達は口々に、三喜右衛門に先日の非礼を詫びたが、仁兵衛からの通達で、三人一組で敵一人に対する覚悟。

だが、これで相手は九人。

三人が一人にかかれば、残るは八人。

柳之助、千秋、お花、仁兵衛がいれば、勝機はある。

「いやいや、先生、こいつはかっちけねえ……」

三喜右衛門はにこやかに応じると、

「ははは、見ねえ。おれにはどういうわけだか味方が次々に現れるのさ」

高らかに笑った。

「お、おのれ……！」

政之助は焦った。まったくよくわからぬうちに、三喜右衛門の助《すけ》っ人《と》が次々に現れる。

これが三喜右衛門の底力なのかとうろたえたのだ。

柳之助は千秋と目配せをして、久万之助と長太郎に猛然と打ち込んだ。

これにお花が加勢した。その際彼女は、仁兵衛に打ち倒された一人の打刀を奪い、柳之助に投げ渡していた。

久万之助と長太郎は、相手をなめてかかっていただけに、女二人の変幻自在の動きにたじろいだ。

香田仁兵衛は機を見るに敏である。三人の門人を率いて一気に打って出た。

三喜右衛門と礼蔵も、政之助に猛然と打って出た。

そこへ、さらに味方が現れた。

待ちに待った外山壮三郎の一隊が、九平次と三平に案内されて押し寄せたのだ。

一隊は、いざという時は、いつでも駆けつけられるよう密かに備えていたのだ。

「しまった……。謀《はか》ったつもりが、見抜かれていた……」

激しく斬り結びながら、政之助は悔やんだ。

以前から音羽、雑司ヶ谷の縄張りに食指を動かしていたのだが、それを三喜右衛門に見破られていたのに違いない。

——それでおれに縄張りを譲るなどと。

千秋とお花は縦横無尽に杖を揮《ふる》い、分身の術を使ったのかと思われる素晴らしい身のこなしで、一人、また一人と敵を倒していた。

——こ奴らは何者だ。

政之助は腕に覚えがあるだけに、二人の女の異常な強さがわかる。もはやこれまでと、久万之助と長太郎を率いて血路を開き、料理屋の外へ飛び出した。

すると、彼らに向かって一斉に石が投げつけられた。

外にはお豊がいた。三喜右衛門一家の弥助、平吉、千三……。さらに縄張り内の人足、職人、鳶、駕籠舁《か》きなどの荒くれが、

「元締の一大事！」

と、我も我もとお豊たちについてきたのだ。

その数は町方の役人よりはるかに多い。

「手前ら、元締に何をしやあがった！」

「汚ねえ奴らめ！　思い知らせてやるぜ！」

とばかりに投石をして、行く手を塞いだ。

「待たねえか！」

三人を追いかけてきた、柳之助、千秋、お花は、それぞれ政之助、久万之助、長太郎に、勢いに乗じて打ち込んだ。

「皆！　やっちまいな！」

お豊の号令で、六尺棒を手にした男達が、さらに政之助達に襲いかかり、遂に三人は打ち倒されたのであった。

柳之助は、千秋、お花に、

「この度もまた、助けられたよ……」

ほっとして礼を言ったが、三喜右衛門が礼蔵、仁兵衛達と共にそこへやって来たので、口を噤《つぐ》んだ。

「いやいや、隆さん、姐《ねえ》さん方、恩に着るよ。だが言っただろう、おれにはここぞというところで味方が現れると。ははは……」

なるほど、だから用心棒など雇わずとも、一家は安泰なのだ――。

上機嫌の三喜右衛門を見ていると、柳之助、千秋、お花は改めて思い知らされて、舌を巻いた。

「兄さん！　お前さん！　無事かい！」

そこへ、泣き叫びながらお豊がおりんを連れて駆け付けてきた。

（九）

「房五郎、そろそろ片が付いた頃だろうな」

「へい。そんなところだと」

「ちょいと気が引けるが、まあ、時代が変わったということだな」

「まったくで。あっしはその時々で、分のある方に付くだけでございます」

「ぬかしやがったな」

「へへへ、畏れ入ります……」

江田要次郎と大塚の房五郎を乗せた舟は、〝はなわ〟の船着き場を目指して、ゆったりと川を進んでいた。一旦店を出た房五郎は、舟で江田を迎えに行ったのだ。

江田が房五郎を使って、三喜右衛門の引退に絡んで悪知恵を働かせる悪党達の間を泳ぎ回っていたのは、もはや明白である。

塙政之助としては、二千両を三喜右衛門に渡すなら、江田に五百両渡して、ただで縄張りを受け継ぐ方が得である。

江田にしてみても、五百両は大きな魅力だ。

「松三、伝助に乾分二人。三喜右衛門に乾分二人。合わせて七人か……」

「さすがに七人死んだとなれば、下手人を挙げねえといけやせんね」

その下手人は、どこかででっちあげなければならないと、二人は暗黙のうちに考えていた。

ひとまず〝はなわ〟に行って、三人の骸の始末の相談だけはせねばなるまい。

だが、船着き場に近付くと、岸の様子が物々しい。

目を凝らすと、政之助の手下達が縄を打たれ、料理屋の外へ連れ出されている光景がそこにあった。

「旦那……、大変だ……、いってえ何が……」

「わからねえ……。とにかく引き返すぜ。おい！　舟を元へ戻せ！」

江田は船頭に叫んだが、舟は行ってはならぬ船着き場に進んで行く。

「馬鹿野郎！　引き返せと言ってるだろう！」

船頭に突っかかる房五郎が、急所を打たれて舟の上で放心した。

「旦那、地獄へのお供をいたしやしょう」

ニヤリと笑った船頭は、千秋の叔父・勘兵衛《かんべえ》であった。

柳之助からの繋ぎを受け、念のために江田と房五郎の動向を九平次と共に張っていた勘兵衛は、この日は九平次と別れ、最後の仕上げにかかっていたのだ。

「て、手前……!」

刀を抜こうとした江田だったが、勘兵衛が繰り出す棹《さお》に突かれ、だらしなく船縁《ふなべり》にもたれて大人しくなった。

「また、降ってきやがった……」

勘兵衛は、それもまた楽しいと、雨粒に水面が躍る川をゆったりと進んだ。

船着き場には、外山壮三郎が待ち受けていた。

（十）

騒動はひとまず落着した。

本来ならば、その場で消えてしまうべき、芦川柳之助、千秋、お花であったが、外山壮三郎から、

「達しがあるまでは、三喜右衛門の懐の内にいるようにとのことだ」

と耳打ちされていた。

柳之助と千秋、お花にとっても何よりであった。

騒ぎの中、いきなり消えてしまうのではなく、遊び人の隆三郎は、九尾のお春と晴れて夫婦となり、妹の礫のお梅を連れて旅に出る体裁を繕いたかったのだ。

礼蔵とお豊は、

「今度のことでは、随分と苦労をかけちまったからなあ。ほとぼりを冷ましてえやな……」

「どこかで湯治でもして休んでおくれな」

しみじみと労ってくれて、三喜右衛門は、

「おれはまったく付いているよ。その時々味方が現れて助けてくれる。さしずめ今度の何よりの味方は隆さん達だったよ」

と別れを惜しみ、送別の宴《うたげ》を催してくれることになった。

あれこれあっても、三喜右衛門一家にはお咎めはなかった。

塙政之助は捕えられ、この男が人当りのよい金貸しの顔の裏で、数多《あまた》の凶悪な罪を犯していたことが明白となった。

経堂甚之丞は、悪事を積み重ねている身を省みず、役付きを願うとはもっての外であると、切腹は免れたものの蟄居《ちっきょ》を命じられ、隠居をよぎなくされた。

藍太郎、浪吉達は捕えられ追放刑となった。

房五郎は配流となり、江田要次郎は自ら命を絶ったが、これは奉行所の不祥事であるから、病死扱いにしてやり、江田家は養子を迎え存続することは許されたが、もう廻り方には永代戻れまい。

それにしても、三喜右衛門が縄張りから身を引くと匂わせただけで、これほどまでに悪人が浮かびあがるとは真《まこと》に恐しい。

送別の宴は、三喜右衛門が若女房・おりんと二人で、柳之助、千秋、お花をもてなし、その間に、礼蔵、お豊、千三、弥助、平吉達が次々にやって来て、三人との別れを惜しむという趣向であった。

三喜右衛門は柳之助と千秋を交互に見て、

「隆さん、恋女房と一緒に旅へ出るなんて、羨ましい限りだねえ」

溜息《ためいき》交じりに言った。

「おりんさんと二人でのんびり……、とはいかなくなりましたか？」

柳之助は申し訳なさそうに言った。

三喜右衛門が仕切っていた三ヶ所の賭場は閉められることになった。

これまで平穏無事にやってきたが、こんな騒ぎが起こったとなれば、三喜右衛門とてお上を慮《おもんぱか》らねばなるまい。

閉めたところで困るのは経堂家だけだが、そこで仕事をさせていた若い衆達の面倒は見てやらないといけない。

となれば、新たに安全な賭場をどこかに開かねばならないので、のんびりともしていられないのだ。

「ははは、困ったもんだ……」

三喜右衛門は苦笑いを浮かべたが、柳之助と千秋はここ数日来、どうも腑《ふ》に落ちないことがあった。

三喜右衛門ほどの男である。自分が引退を示唆すれば、これくらいの騒動が起こりかねないのを予期出来たはずだ。

「元締、本当のところは、おりんさんとのんびりとできないことはわかっていなさったのでは？」

柳之助はこの機会に訊ねてみた。

「そいつは隆さんの言う通りだ」

三喜右衛門は悪戯《いたずら》っぽい目を柳之助に向けた。

「のんびりしたいのはやまやまだが、なかなかそうはいかねえというのはわかっていたよ。だから軽く噂を流してみて、何も起こらねえようなら、そこから上手く身を引けるように考えたらどうだと、あるお人に勧められてねえ」

「あるお人？」

「ああ、おれが〝大旦那〟と呼ばせてもらっている大したお人さ」

「それで、身を引くという噂を？」

「わざと流してみたら、思った以上に塙政之助が動き出しやがった」

「え？　塙政之助は、元締がこれと見込んで、縄張りを譲ると持ちかけた相手じゃあなかったんですかい」

「いや、前々から折あらば、ここの縄張りを掠《かす》め取ってやろうと企んでいやがったのは、薄々わかっていたんだよ」

「そいつを確かめるのに、礼さん達は動いていたんですかい？」

「いや、礼蔵達乾分には、何も告げずに、政之助に縄張りを譲ると持ちかけたんだ」

「そんなら元締は、端《はな》から政之助の本性を見極めてやろうと、今度の話を？」

「乾分達に知らせると、どこからか綻《ほころ》びが出て、政之助に気付かれちまうと思ってねえ」

「そいつはお人が悪いや……」

「ははは、勘弁してくんな。まず味方から騙《だま》さねえと、相手をその気にさせられねえぞと、大旦那に言われてねえ」

「その大旦那に乗せられて、元締もあっしも命を落しそうになったんですかい？」

「いや、危ねえことになっても、大旦那が何とかしてくれると、思っていたよ」

「元締ほどのお人を、そんな風に動かす大旦那というのはいってえ、どんな人なんですかい？」

「そう言うだろうと思ったから、この席に呼んでおいたよ」

「ここへ来なさるんですかい？」

柳之助は、千秋と目を合わせた。

「余計なことを言ったせいで、お前さん達が大変な目に遭ったようだから、会って詫びを入れようと言いなすってね」

柳之助、千秋、お花が目を丸くしているうちに、大旦那が座敷にやって来た。

夏羽織に白い帷子《かたびら》の着流し、物持ちの浪人か、大身の武士の微行姿《おしのび》に見える。

そう思って頭を下げて、その顔を見た途端、柳之助と千秋は絶句した。

大旦那は、南町奉行・筒井和泉守、その人ではないか。

柳之助は再び千秋と顔を見合わせ、夫婦して大きく息を吐いて、首を竦《すく》めた。

お花は和泉守に会ったことがないゆえ、何ごとが起こったかと、目をぱちくりとさせている。

「隆さんに姐さん方、今度のことでは元締をよくぞ助けてやってくれたねえ。おまけにおれのせいで危ない目に遭わせてしまったらしい。勘弁してくれ……」

何をぬけぬけと――。

予てから奉行と元締はつるんでいて、二人共に塙政之助に危惧を抱いていた。それで、

「奉行所の方で助っ人を送るから、元締、一芝居を打ってくれぬか」

などと持ちかけたのだろう。

三喜右衛門に否はない。

そのうちに、遊び人の隆三郎が懐にとび込んできた。この男こそ、奉行からの助っ人と察した三喜右衛門は、隆三郎を傍近くに置いて、隠密の仕事をやり易《やす》くさせたのだ。

――道理ですぐに心を開いてくれたもんだ。

——相変わらずお奉行はずるい。

柳之助と千秋は、仏頂面で大旦那と元締の話を聞いていた。

「大旦那、これでまたのんびりとできなくなりましたよ」

「仕方あるまい。この界隈に住む者は、皆おぬしを慕っているのだ」

「いっそ、博奕も岡場所も、お上が仕切ってくれたら好いってもんだ」

「それはお上が仕切るものではない」

「表も裏も治めてこそのお上じゃあねえですかい」

「建前を大事にするのがお上ってもんだよ」

「それで、日陰はあっしに押しつける……」

「それだけ頼られているのだ。男なら応えるべきだ」

「ずるいですねえ」

そうだ。まったくずるい。

柳之助と千秋は、ここぞと三喜右衛門の言葉に相槌を打つ。

和泉守はニヤリとして、

「元締の御新造には申し訳ないが、そなたの亭主にはまだまだ働いてもらわねばならぬな」

おりんを見て言った。

「何も辛うはございません。わたしは音羽の元締に嫁いだのですから、そういう張り合いのある暮らしをしとうございます。のんびりなどとしてはおられません」

おりんは、大旦那が町奉行と知ってか知らずか、堂々たる物言いで応えた。

「偉い！　それでこそ妻というものだ！」

大旦那は空惚《そらとぼ》けて言う。

千秋は自分に言われているのかと思い、

「あたしも、どんな危いところだって、うちの人と一緒なら苦労だと思いませんよう！」

しっかりと胸を張って応えたのである。

異人の守り手

手代木正太郎

ISBN978-4-09-407239-6

慶応元年の横浜。世界中を旅する実業家のハインリヒは、外交官しか立ち入ることができない江戸へ行くことを望んでいた。だがこの頃、いまだ外国人が日本人に襲われる事件はなくならず、ハインリヒ自身もまた、怪しい日本人に尾行されていた。不安を覚えたハインリヒは、八か国語を流暢に操る不思議な日本人青年・秦漣《みなとれん》太郎《たろう》をガイドに雇う。そして漣太郎と行動をともにする中で、ハインリヒは「異人の守り手」と噂される、陰ながら外国人を守る日本人たちがこの横浜にいることを知り——。手に汗を握る興奮に、深い感動。大エンターテインメント時代小説、ここに開幕！

小学館文庫
好評既刊

勘定侍 柳生真剣勝負〈一〉 召喚

上田秀人

ISBN978-4-09-406743-9

大坂一と言われる唐物問屋淡海《おうみ》屋の孫・一夜は、突然現れた柳生家の者に御家を救えと、無理やり召し出された。ことは、惣《そう》目《め》付《つけ》の柳生宗矩《むねのり》が老中・堀田加《か》賀守《がのかみ》より伝えられた、四千石の加増にはじまる。本禄と合わせて一万石、晴れて大名となった柳生家。が、大名を監察する惣目付が大名になっては都合が悪い。案の定、宗矩は役目を解かれ、監察される側に立たされてしまう。惣目付時代に買った恨みから、難癖をつけられぬよう宗矩が考えた秘策が一夜だったのだ。しかしなぜ召し出すのが商人なのか？　廻国中の柳生十兵衛も呼び戻されて。風雲急を告げる第１弾！

小学館文庫
好評既刊

突きの鬼一

鈴木英治

ISBN978-4-09-406544-2

美濃北山三万石の主百目鬼《どうめき》一郎太の楽しみは月に一度の賭場通いだ。秘密の抜け穴を通り、城下外れの賭場に現れた一郎太が、あろうことか、命を狙われた。頭格は大垣半象、二天一流の遣い手で、国家老・黒岩監物の配下だ。突きの鬼一と異名をとる一郎太は二十人以上を斬り捨てて虎口を脱する。だが、襲撃者の中に城代家老・伊吹勘助の倅で、一郎太が打ち出した年貢半減令に賛同していた進兵衛がいた。俺の策は家臣を苦しめていたのか。忸怩たる思いの一郎太は藩主の座を降りることを即刻決意、実母桜香院が偏愛する弟・重二郎に後事を託して単身、江戸に向かう。

小学館文庫
好評既刊

徒目付　情理の探索
純白の死

青木主水

ISBN978-4-09-406785-9

上司である公儀目付の影山平太郎から命を受けた、徒目付《かちめつけ》の望月丈ノ介は、さっそく相方の福原伊織へ報告するため、組屋敷へ向かった。二人一組で役目を遂行するのが徒目付なのだ。正義感にあふれ、剣術をよく遣う丈ノ介と、かたや身体は弱いが、推理と洞察の力は天下一品の伊織。ふたりは影山の「小普請《こぶしん》組前川左近の新番組頭への登用が内定した。ついては行状を調べよ」との言に、まずは聞き込みからはじめる。すぐに左近が文武両道の武士と知れたはいいが、双子の弟で、勘当された右近の存在を耳にし——。最後に、大どんでん返しが待ち受ける、本格派の捕物帳！

小学館文庫
好評既刊

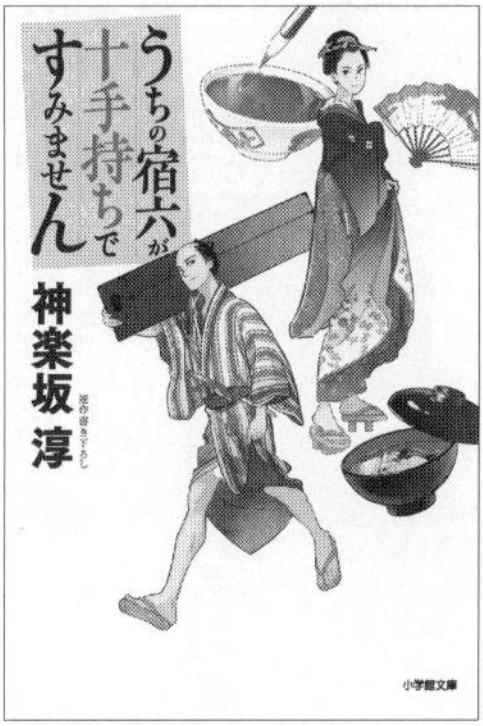

うちの宿六が十手持ちですみません

神楽坂 淳

ISBN978-4-09-406873-3

江戸柳橋で一番人気の芸者の菊弥は、男まさりで気風《きっぷ》がよい。芸は売っても身は売らないを地でいっている。芸者仲間からの信頼も厚い菊弥だが、ただ一つ欠点が。実はダメ男好きなのだ。恋人で岡っ引きの北斗は、どこからどう見てもダメ男。しかも、自分はデキる男と思い込んでいる。なのに恋心が吹っ切れない。その北斗が「菊弥馴染みの大店が盗賊に狙われている」と知らせに来た。が、事件を解決しているのか、引っかき回しているのか分からない北斗を見て、菊弥はひとり呟くのだった。「世間のみなさま、すみません」——気鋭の人気作家が描く、捕物帖第１弾！

小学館文庫
好評既刊

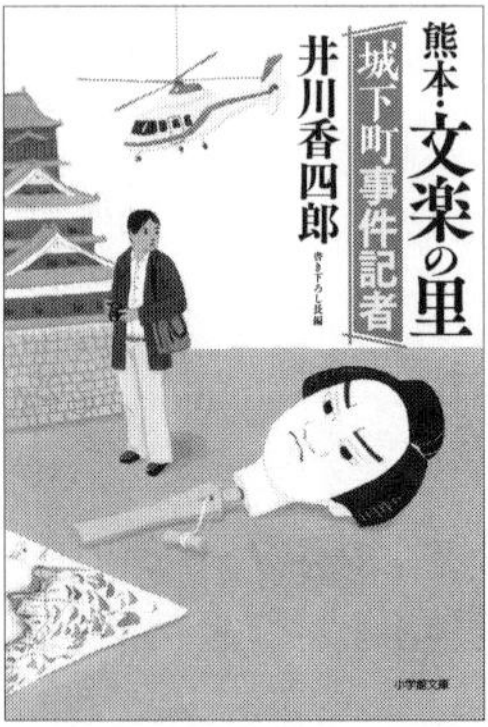

城下町事件記者 熊本・文楽の里

井川香四郎

ISBN978-4-09-407111-5

人間国宝が殺された！　被害者は『人形の豊国』当主・百舌目《もずめ》寿郎、熊本に住む文楽人形師だ。凶器は名刀ニッカリ青江による刺殺という。家族や弟子たちによる相続争いなのか？　毎朝新報社熊本支局に着任したばかりの記者・一色駿作は動揺する。まさかついさっき熊本城で偶然出会った老人が殺されるとは——。早速取材を開始すると、容疑者として刀剣店『咲花堂』の女性店主・上条綸子が浮かんできたが……。『城下町奉行日記』で活躍する一色駿之介の血を引く子孫が怪事件の謎を解く！江戸から読むか、現代から読むか？「城下町・一色家シリーズ」の現代版！

小学館文庫
好評既刊

城下町奉行日記
熊本城の罠

井川香四郎

ISBN978-4-09-407112-2

「諸国の城を見聞してまいるのだ！」——江戸城の天守を再建すると言い出した八代将軍・徳川吉宗の鶴の一声で突然、御城奉行に任じられた旗本の一色駿之介。許嫁・結実との祝言を挙げる暇もなく、中間の金作を供として、涙ながらに肥後熊本へ出立する羽目に。着いたら着いたで、公儀隠密に間違われるわ、人さらいに巻き込まれるわ、ついには藩主・細川家の御家騒動にまで足を突っ込むことになるわで……。『城下町事件記者』で活躍する一色駿作のご先祖様が難事件の謎を叩っ斬る！　江戸から読むか、現代から読むか？「城下町・一色家シリーズ」の江戸時代版！

小学館文庫
好評既刊

かぎ縄おりん

金子成人

ISBN978-4-09-407033-0

日本橋堀留『駕籠清』の娘おりんは、婿をとり店を継ぐよう祖母お粂にせっつかれている。だが目明かしに憧れるおりんにその気はなく揉め事に真っ先に駆けつける始末だ。ある日起きた立て籠り事件。父で目明かしの嘉平治たちに隠れ、賊が潜む蔵に迫ったおりんは得意のかぎ縄で男を捕らえた。しかし嘉平治は娘の勝手な行動に激怒。思わずおりんは本心を白状する。かつて嘉平治は何者かに襲われ、今も足に古傷を抱える。悔しがる父を見て自分も捕物に携わり敵を見つけると決意したのだ。おりんは念願の十手持ちになれるのか。時代劇の名手が贈る痛快捕物帳、開幕！

小学館文庫
好評既刊

てらこや青義堂 師匠、走る

今村翔吾

ISBN978-4-09-407182-5

明和七年、泰平の江戸日本橋で寺子屋の師匠をつとめる坂入十蔵は、かつては凄腕と怖れられた公儀隠密だった。貧しい御家人の息子・鉄之助、浪費癖のある呉服屋の息子・吉太郎、兵法ばかり学びたがる武家の娘・千織など、個性豊かな筆子に寄りそう十蔵の元に、将軍暗殺を企図する忍びの一団・宵闇が公儀隠密をも狙っているとの報せが届く。翌年、伊勢へお蔭参りに向かう筆子らに同道していた十蔵は、離縁していた妻・睦月の身にも宵闇の手が及ぶと知って妻の里へ走った。夫婦の愛、師弟の絆、手に汗握る結末——今村翔吾の原点ともいえる青春時代小説。

小学館文庫
好評既刊

さんばん侍 利と仁

杉山大二郎

ISBN978-4-09-406886-3

二十四歳の鈴木颯馬《そうま》は、元は町人の子。幼くして父を亡くし、母とふたりの貧乏暮らしが長かった。縁あって、手習い所で働くうち、大器の片鱗《へんりん》を見せはじめた颯馬だが、十五歳の時に母も病で亡くし、天涯孤独の身となってしまう。が、捨てる神あれば拾う神あり。ひょんなことから、田中藩江戸屋敷に勤める鈴木武治郎に才を買われ、めでたく養子に。だが、勘定方に出仕したのも束の間、田中藩領を我が物にせんとする老中格の田沼意次《おきつぐ》と戦うことに。藩を救うべく、訳ありで、酒問屋麒麟《きりん》屋の番頭となった颯馬に立ち塞《ふさ》がる壁、また壁！　江戸の剣客商い娯楽小説第１弾！

小学館文庫
好評既刊

春風同心十手日記〈一〉

佐々木裕一

ISBN978-4-09-406843-6

定町廻り同心の夏木慎吾が殺しのあったという深川の長屋に出張ってみると、包丁で心臓を刺されたままの竹三が土間で冷たくなっていた。近くに女物の匂い袋が落ちていたところを見ると、一月前に家を出ていった女房おくにの仕業らしい。竹三は酒癖が悪く、毎晩飲んでは、暴力をふるっていたらしいのだ。岡っ引きの五六蔵《ごろぞう》や女医の華山らに助けを借りて探索をはじめた慎吾だったが、すぐに手詰まってしまい……。頭を抱えて帰宅した慎吾の前に、なんと北町奉行の榊原忠之が現れた!?　しかも、娘の静香まで連れているのは、一体なぜ？　王道の捕物帳、シリーズ第１弾！

小学館文庫
好評既刊

看取り医　独庵

根津潤太郎

ISBN978-4-09-407003-3

浅草諏訪町で開業する独庵こと壬生玄宗は江戸で評判の名医。診療所を切り盛りする女中のすず、代診の弟子・市蔵ともども休む暇もない。医者の本分は患者に希望を与えることだと思い至った独庵は、治療取り止めも辞さない。そんな独庵に妙な往診依頼が舞い込む。材木問屋の主・徳右衛門が、憑かれたように薪割りを始めたという。早速、探索役の絵師・久米吉に調べさせたところ、思いもよらぬ仇討ち話が浮かび上がってくる。看取り医にして馬庭念流の遣い手・独庵が悪を一刀両断する痛快書き下ろし時代小説。2021年啓文堂書店時代小説文庫大賞第１位受賞。

―――本書のプロフィール―――

本書は、小学館文庫のために書き下ろされた作品です。

小学館文庫

恋女房《こいにょうぼう》　八丁堀強妻物語《はっちょうぼりきょうさいものがたり》〈四〉

著者　岡本《おかもと》さとる

二〇二三年十月十一日　初版第一刷発行

発行人　石川和男
発行所　株式会社 小学館
〒一〇一-八〇〇一
東京都千代田区一ツ橋二-三-一
電話　編集〇三-三二三〇-五一三七
販売〇三-五二八一-三五五五
印刷所――大日本印刷株式会社

この文庫の詳しい内容はインターネットで24時間ご覧になれます。
小学館公式ホームページ　https://www.shogakukan.co.jp

ISBN978-4-09-407302-7